나는 염소가 처음이야

나는 염소가 처음이야

김숨 소설

문학동네

차례

쥐의 탄생

그들이 그녀의 집을 찾아온 것은 목요일 오전 열한시쯤이었다. 그들은 청색 제복을 똑같이 차려입고 있었다. 제복 덕분에 그들은 나름 전문가처럼 보였다. 쥐를 잡는 데 있어서는 그래 보였다.

그들이 초인종을 누르기 삼십 분 전쯤, 그녀는 남편에게서 걸려온 전화를 받았다. 그는 쥐를 소탕하기 위해 사람들이 곧 집으로 갈 거라고 말했다. 그는 그들이 쥐잡기 전문가라는 말을 세 번이나 반복한 뒤 전화를 끊었다. 그녀는 세상에 별의별 전문가가 다 있다지만, 쥐잡기가 전문인 사람도 있는 줄은 몰랐다. 어쨌든 쥐잡기 전문가들이었으므로, 그녀는 그들이 금방 쥐를 잡아줄 거라고 기대했다.

플래시, 망치, 쇠막대, 쇠꼬챙이. 그들이 쥐를 잡기 위해 챙겨온 도구들이었다. 그들은 그 도구들만으로도 충분히 쥐를 잡을 수 있다는 듯, 만족스럽고 여유만만해 보였다. 그들은 그녀가 지켜보는 앞에서 도구를 하나씩 사이좋게 나누어 가졌다. 머리가 기형적일 만큼 커다란 백이 가장 먼저 도구를 골랐는데, 그는 조금의 망설임도 없이 망치를 집어들었다. 쇠꼬챙이는 버릇인 듯 코를 연신 킁킁거리는 구의 차지가 되었다. 눈동자가 돌출되고 땅딸막한 김이 그녀를 흘끔 쳐다보더니 쇠막대를 슬그머니 집어들었다.

"플래시는 만날 내 차지군."

비쩍 마르고 앞머리가 훌러덩 벗겨진 박이 투덜거렸다.

"한 마리당 십만 원인 건 알고 있겠지요?"

"십만…… 원이요?"

그녀는 얼떨결에 되물었다.

"다들 그렇게 받아요."

구가 킁킁 콧김을 내뿜었다.

"뭘? 더 받는 치들도 있는걸."

쥐 한 마리에 십만 원이면 조금 비싼 게 아닌가 싶었지만, 그녀는 고개를 끄덕여 보였다. 다들 그렇게 받고 있고, 그보

10

다 더 받는 이들도 있다는 그들의 말을 믿을 수밖에 없었다.

쥐는 한 마리일 수도, 두 마리나 세 마리일 수도, 어쩌면 그보다 더 여러 마리일 수도 있었다. 딱 한 번밖에 눈에 띄지 않은 걸로 봐서 기껏해야 한 마리일 가능성이 컸지만.

그녀는 그들에게 집에 아기가 있다고 알렸다. 그들이 아기의 존재를 알아야 할 것 같아서였다.

"아기가 있다구요?"

김이 눈알을 굴리며 물었다.

"그렇지만 아기는…… 잠들었어요……"

그녀는 백의 손에 들린 망치에서 눈을 떼지 못하고 중얼거렸다. 망치 자루 끝에 달린 쇳덩이는 둥그스름하고, 날것 그대로의 무쇠 빛깔이었으며, 적당히 닳아 반질반질했다. 그것으로 쥐를 때려잡는 장면을 상상하는 것만으로도, 그녀는 충분히 끔찍했다. 그녀는 쥐라면 떠올리는 것만으로도 소름이 끼쳤다. 쥐는 그녀가 지구상에서 가장 징그럽게 생각하는 동물이었다.

그들은 2인 1조가 되어 집안을 둘러보았다. 백과 박이, 김과 구가 각각 한 조가 되었다.

백과 박은 베란다를 살폈다. 베란다 건조대에는 사흘째 걸

지 않은 옷가지들이 그대로 널려 있었는데, 옷가지들 속에는 그녀의 속옷도 있었다. 검정색 브래지어가 박쥐처럼 건조대에 대롱대롱 매달려 있어서 민망했지만 그녀는 모르는 척할 수밖에 없었다.

그녀는 소파로 가서 앉았다. 그들이 집으로 들이닥치기 전부터 켜져 있던 TV를 물끄러미 바라보았다. 그들이 초인종을 누를 때, 그녀는 티브이를 보며 십자수를 놓고 있었다. 포도에 풍성히 달린 포도알들 중 한 알을 보라색 실로 메우고 있었다. 빈 포도알을 메우는 것은 따분하기 그지없지만 시간을 때우기에는 그만이었다. 대낮에 혼자 소파에 덩그러니 앉아 포도알을 메우고 있으면, 텅 빈 포도알들이 줄줄이 매달리는 듯한 기분이 들었다. 그녀가 늙어 죽을 때까지 매달려도 다 메우지 못할 만큼 많은 포도알이.

그들이 집안을 둘러보는 데에는 그렇게 많은 시간이 걸리지 않았다. 그녀의 집은 스무 평 아파트였고 구조랄 게 뻔했다. 방 두 칸과 거실, 부엌, 욕실, 베란다. 거실과 부엌은 불투명 유리를 끼운 미닫이문으로 분리되어 있었다. 전에 살던 사람들이 리모델링을 하며 달아놓은 것이었다.

그들은 아기가 있는 안방은 살피지 않았다. 안방 문은 꼭 닫혀 있었다. 태어난 지 구 개월밖에 안 된 아기는 요람 속에서 잠들어 있었다. 그녀는 아기가 깨어나는 것을 바라지 않았다. 한번 깨어나면 좀처럼 잠들려 하지 않는데다, 아기가 깨어나면 쥐를 잡는 데 방해가 될 것이었다.

구와 김이 욕실에서 걸어나와 그녀 앞으로 와서 섰다. 박과 백도 그녀 앞으로 와서 섰다. 구가 콧김을 킁킁 내뿜으며 그녀에게 물었다.

"그래, 쥐를 처음 본 게 언제예요?"

그녀는 곤란했다. 왜냐하면 쥐를 목격한 사람은 그녀가 아니라 남편이었기 때문이다.

"그게 그러니까……"

남편이 쥐를 처음 목격한 것은 사흘 전이었다. 자정이 넘은 늦은 시간에 남편은 물을 마시러 부엌에 갔다가 쥐를 보았다. 남편 말에 따르면 그가 부엌에 들어섰을 때 쥐는 가스레인지 위를 살금살금 기어가고 있었다. 분홍색의 가늘고 기다란 꼬리를 늘어뜨리고. 그와 그만 딱 눈이 마주친 쥐는 순식간에 가스레인지 뒤쪽으로 사라졌다. 그는 너무 놀라 물을 마시기 위해 부엌에 갔다는 사실을 잊어버렸다. 쥐가 거실로 나오지 못하게 부엌 미닫이문을 꼭 닫고 안방으로 왔다. 그러곤 보채는 아기를 어르느라 지친 그녀에게 말했다.

"부엌에 쥐가 있어……!"

그는 "쥐가 다 있군, 글쎄 쥐가 다 있어……" 하고 중얼거리다 침대로 올라가 눕더니 그대로 잠들어버렸다.

그게 다였다.

그녀는 쥐를 목격한 사람이 남편이 아니라 자신인 것처럼 슬쩍 바꾸어 그들에게 들려주었다. 그녀의 이야기를 다 듣고 난 그들은 적잖이 실망하는 눈치였다. 김이 눈동자를 부라리며 이렇게 말했던 것이다.

"겨우 한 마리잖아!"

"그러게?"

박이 거들었다.

"몇 마리인지 잡아보면 알겠지."

구가 콧물이 튀도록 코를 킁킁거렸다.

그녀는 쥐가 부디 한 마리이기를 바라면서도, 한 마리일 경우 그들이 실망할까봐 걱정되었다. 한 마리당 십만 원이라고 했으니, 그들은 쥐가 많으면 많을수록 좋을 것이었다. 하지만 쥐가 한 마리뿐이어도 그것은 자신의 잘못이 아니며 그들에게 미안해해야 할 일이 아니라고, 그녀는 스스로를 안심시키려 애썼다.

엊그제까지도 그녀는 남편이 쥐를 잡아주리라 내심 기대

했다. 퇴근하자마자 곧장 집으로 돌아와 보란듯이 쥐를 잡아줄 거라고. 하지만 남편은 지난 나흘 내내 야근을 했고, 야근이 끝난 뒤에는 직원들과 새벽까지 술을 마시다 집에 돌아왔다. 그녀는 남편을 원망하고 싶지 않았다. 남편도 자신만큼 쥐를 징그럽게 여기는지 모른다는 생각이 들어서였다. 어쨌든 남편이 부엌에서 쥐를 목격한 뒤로, 그녀는 아기에게 먹일 분유를 타야 할 때만 부엌에 드나들었다. 물을 끓이고 분유를 타는 동안 쥐가 부엌 어딘가에 숨어 자신을 지켜보고 있을지도 모른다는 생각을 하면 등골이 오싹했다.

쥐잡기에 돌입하기 전 그들은 작전 회의 같은 것을 했는데 구가 주도적으로 말했다. 김은 눈알을 굴리며 연방 고개를 끄덕였고, 백은 손등의 핏줄이 불거지도록 망치를 꽉 움켜쥐고 잠자코 듣기만 했다. 박은 입을 삐죽이 내밀고는 TV를 흘끔거렸다. TV에서는 삼사 년 전에 인기를 끌었던 드라마가 재방송중이었다.

"쥐가 백 마리만 돼도 원이 없을 텐데."

박의 말에 그녀는 백 마리나 되는 쥐들이 집안에서 우글우글거리는 광경을 상상했다. 소파, 식탁, 침대, 그리고 아기가 잠들어 있는 요람이 쥐로 우글거리는. 그녀는 박이 처음부터 마음에 들지 않았다. 사실은 그들 전부가 처음부터 그다지 마음에 들지 않았다.

"우리가 가장 많이 잡은 게 몇 마리였지?"

"다섯 마리였잖아."

"에, 고작?"

"다섯 마리 중 세 마리는 털도 안 난 새끼들이었지."

"한 방에 해치우겠어!"

백이 망치를 허공으로 번쩍 쳐들었다.

그들은 자기들끼리 시끄럽게 떠들며 부엌으로 몰려갔다. 그들은 아무래도 쥐약 같은 약물이나 쥐덫은 쓰지 않는 듯했다. 오로지 망치와 쇠꼬챙이, 쇠막대로만 쥐를 때려잡는 게 틀림없었다.

그들이 부엌으로 몰려들어가자마자 그녀는 미닫이문을 꼭 닫아주었다. 그들이 금방 쥐를 잡을 거라고 기대하며.

겨우 평정심을 되찾고 집어든 십자수를 그녀는 도로 내려놓았다. 그들이 금방이라도 쥐를 잡아 부엌에서 나올지 몰랐으므로. 미닫이문을 닫아놓아 그들이 부엌에서 도대체 뭘 하는지 알 수 없었지만 그들은 틀림없이 쥐를 찾는 데 혈안이 되어 있을 것이었다. 그녀는 그들이 쥐를 잡기 위해 남편이 보낸 쥐잡기 전문가들이라는 사실을 잠깐이라도 잊지 않으려고 노력했다.

"어어"라든지 "잡아!" "거기, 거기!" "야" "아이코" 하는 호들갑스러운 소리가 부엌 미닫이문 너머에서 들려왔다. 그녀는 부엌 쪽으로 슬그머니 고개를 돌리고 미닫이문 불투명 유리에 어른거리는 그들의 형상을 유심히 살폈다. 불투명 유리에 비친 그들의 형상은 우글우글 일그러져 괴상망측했다. 무대 위에서 행위예술이라도 하듯 뒤엉켜서는 악다구니를 써대던 그들의 동작은 극단적으로 치달아 서로를 망치로 가격하고, 쇠꼬챙이로 찌르고, 쇠막대로 때리는 것 같은 착시를 불러일으킬 정도였다. 게다가 플래시 불빛은 불투명 유리 위에서 조명처럼 어지럽게 소용돌이치며 극적 효과를 더했다.

우당탕 소리가 들려온 것은, 그들이 부엌으로 몰려들어간 지 이십 분쯤 지나서였다. 그것은 차곡차곡 쌓아둔 스테인리스 냄비들이 한꺼번에 무너져내리며 내지르는 소리였다. 그녀는 싱크대 안 독일제 스테인리스 냄비 세트를 떠올리지 않을 수 없었다. 그 냄비 세트는 그녀가 얼마 전 남편 모르게 홈쇼핑에서 주문한 것이었다. 우당탕 소리가 잦아든 뒤, 그들이 흥분해서 떠들어대는 소리가 들려왔다.

드디어 쥐를 잡은 걸까? 망치로 내리쳐서? 쇠꼬챙이로 찔러서? 아니면 쇠막대로 때려서?

미닫이문이 드르륵 열리더니 박이 쭈뼛쭈뼛 걸어나왔다. 그녀를 향해 플래시 불빛을 내쏘았다. 깜짝 놀라 소파에서 벌떡 일어서는 그녀의 왼쪽 눈동자를 플래시 불빛이 후벼팠다. 그녀가 손을 내젓자 박이 플래시 불빛을 거두었다.

"급해서 참을 수가 있어야지……"

박이 말끝을 애매하게 흐리며 종종걸음을 쳐 안방 문 쪽으로 움직여 갔다.

"욕실은 그쪽이 아니라 저쪽이에요."

그녀는 욕실 문을 손으로 가리켜 보였다.

"그쪽이 아니라 저쪽이요!"

박이 안방 문손잡이를 움켜잡는 것과 거의 동시에 그녀가 버럭 소리질렀다.

"저쪽이요?"

박이 욕실 안으로 들어가자마자 좌변기에 고인 물속에 오줌 줄기가 쭐쭐 떨어지는 소리가 민망할 만큼 실감나게 들려왔다. 못마땅한 눈길로 욕실 쪽을 노려보던 그녀는 욕실 문이 덜 닫힌 것을 알고 경악했다. 좌변기 물 내리는 소리와 거의 동시에 욕실 문이 열렸다.

박이 욕실에서 나와 TV 앞으로 걸어왔다. TV를 물끄러미 응시하며 입을 배죽거렸다.

"마누라가 환장을 하는 드라마잖아?"

"……?"

"하루 온종일 방구석에서 뒹굴며 드라마나 보는 한심한 여편네지요."

박은 침을 뱉듯 말하고 부엌 쪽으로 성큼성큼 걸어갔다. 그녀는 기분이 나빴다. 아기가 잠든 동안 그녀는 별 할 일이 없었다. TV에서 재방송해주는 드라마를 보거나, 십자수를 놓거나, 스마트폰을 만지작거리는 것 말고는.

그들은 아무래도 아직 쥐를 잡지 못한 것 같았다. 싱크대 문짝을 덜컥덜컥 여닫는 소리가 부엌에서 들려왔던 것이다. 그녀는 그들이 싱크대 문짝을 죄다 부수어놓는 것은 아닌가, 심히 걱정되었다. 당장이라도 부엌으로 뛰어들어가 부서진 싱크대 문짝이 없는지 살펴보고 싶었지만, 미닫이문 불투명 유리를 살피는 것으로 만족해야 했다.

마침 미닫이문 불투명 유리에 비친 그들의 형상이 뒤엉키고 있었다. 형상들은 엉키고 뭉쳐 기어이 하나의 형상을 만들어내더니 허우적거렸다.

그녀의 머릿속에 문득 한 가지 의문이 들었다. 쥐가 어떻게 집안으로 들어왔을까 하는. 거미나 개미, 바퀴벌레 따위는 종종 출몰했지만 쥐가 출몰한 것은 처음이었다. 쥐가 출몰하고 그 쥐를 남편이 목격하기 전까지, 그녀는 자신의 집에 쥐가 있으리라고는 꿈에도 생각 못 했다. 그것은 남편도 마찬가지였을 것이다. 더구나 그녀의 집은 아파트 십구층이었다. 그것도 지어진 지 오 년밖에 안 된. 대개의 아파트들이 그렇듯 그녀의 집은 밀폐용기만큼 안전했다. 현관문을 통해 들어왔을지 모른다는 의심도 해보았지만, 현관문은 사람이 드나들 때 말고는 굳게 닫혀 있었다. 전자동 키가 달린 현관문은 저절로 닫혔고, 닫히는 순간 저절로 잠겼다. 베란다와 욕실 배수구들도 의심해보았지만, 그곳들은 스테인리스로 짠 망으로 막혀 있었다.

쥐가 들어올 만한 경로를 생각해내느라 머리를 쥐어짜고 있는데, 유리 깨지는 소리가 들려왔다.

그녀는 더는 참지 못하고 소파에서 몸을 일으켰다. 잠깐 망설이다가 부엌 미닫이문 쪽으로 다가갔다. 당장 미닫이문을 열어젖히고 싶은 걸 꾹 참았다. 혹시나 미닫이문을 열었다가 그들이 거의 다 잡은 쥐를 놓치기라도 하면 안 되니까.

그녀가 망설이고 있는데, 형상이 갈기갈기 찢기더니 여러 개로 나뉘었다.

미닫이문이 드르륵 열리고, 그들이 손에 든 도구들을 흔들며 부엌 문턱을 넘어왔다. 그녀는 그들 중 누군가의 손에 쥐가 들려 있으리라 기대했지만, 그들의 손에 들린 것은 플래시, 망치, 쇠막대와 쇠꼬챙이뿐이었다.

한바탕 난리를 치르고 난 그들의 눈동자는 불안정하게 흔들리고 있었다. 구는 코를 쿵쿵거리고, 박은 입을 배죽거렸다.

부엌은 난장판이었다. 싱크대 문짝들이 전부 열려 있고, 냄비와 그릇들은 바닥에 내동댕이쳐져 있었으며, 감자와 양파들이 부엌 바닥을 굴러다니고 있었다.

그들은 황당해하는 그녀를 전혀 신경쓰지 않고 자기들끼리 떠들었다.

"부엌은 아니야."

"쥐새끼가 세 마리는 되는 것 같단 말이야."

그녀는 그들이 도대체 뭘 근거로 그렇게 확신하는지 알 수 없었지만, 쥐잡기 전문가들이니 아예 근거 없는 소리는 아닐 것 같았다.

"욕실에 숨었나?"

"하긴, 먼젓번에도 욕실에서 잡았잖아."

"비누를 갉아대고 있는 놈을 내가 망치로 때려잡았지."

그들은 욕실 문 쪽으로 몰려갔다. 한낱 쥐가 아니라 들소나 멧돼지라도 때려잡을 기세로.

그녀가 욕실 안을 슬쩍 들여다보니 그들이 좌변기를 에워싸고 있었다. 좌변기 어딘가에 정말로 쥐가 숨어 있기라도 한 듯. 박의 손에 들린 플래시 불빛이 좌변기 속 물을 비추고 있었는데, 물은 멍이 든 듯 시퍼런 빛이었다. 구는 쇠꼬챙이로 좌변기 뒤쪽을 마구 찔러댔고, 김은 쇠막대로 물탱크 속에 고인 물을 세차게 휘저었다. 백은 손에 움켜쥔 망치를 허공으로 한껏 쳐들고 있었다.

그녀는 오늘 아침 좌변기 청소를 못했다. 매일 아침 락스를 뿌려 구석구석을 닦았는데 아기한테 시달리느라 깜박했다. 그녀는 혹시 좌변기에 오물 같은 것이 묻어 있을까봐 심히 걱정되었다.

"설마 쥐가 좌변기에 숨어 있을까요……"

조심스럽게 중얼거리는 그녀를 박이 면박 주었다.

"모르는 소리 말아요. 좌변기에서 쥐를 두 마리나 잡았는걸요."

"새까만 생쥐가 요 속에서 헤엄을 치고 있었지."

김이 쇠막대로 좌변기 속 물을 휘저었다.

좌변기를 샅샅이 살핀 지 십여 분 만에 그들이 찾아낸 것은 야속하게도 한 마리의 쥐가 아니라, 한줄기 금이었다.

"금이 갔네?"

박이 쥐라도 발견한 듯 흥분해서 호들갑을 떨어댔던 것이다.

"어디?"

그들은 엉거주춤히 엉덩이를 쭉 빼고 우스꽝스러운 자세로 금을 살폈다. 쥐를 잡기 위해서가 아니라 좌변기를 교체하기 위해 찾아온 사람들처럼.

그들은 세면대와 욕조, 서랍장, 목욕 용품들을 넣어둔 바구니를 살핀 뒤 욕실에서 나왔다.

그녀는 그들의 눈치를 살피다가 욕실로 들어갔다. 욕실 문을 닫아놓고 좌변기를 살폈다. 두 눈에 경련이 일도록 살피고 나서야, 물탱크 옆쪽에 슬쩍 간 금을 찾아낼 수 있었다. 그것은 사실 금이라기보다는 살짝 긁힌 자국 정도였다.

그녀는 자신과 상의 한마디 없이 그들을 집으로 보낸 남편이 원망스럽다못해 그들보다 쥐가 차라리 더 낫겠다는 생각마저 들었다. 쥐는 몰래 숨어서 다녔지만 그들은 무리를 지어 집안을 함부로 휘젓고 다녔다.

"차라리 쥐가 낫지! 쥐가!"

투덜거리던 그녀는 그들이 남자들이라는 사실을 새삼 깨닫고 얼른 입을 다물었다. 한순간 무시무시하고 치명적인 무기로 돌변할 수도 있는 도구를 하나씩 손에 들고 있는 남자들이라는 걸.

어느새 오후 한시였다. 그들이 그녀의 집에 들이닥친 것은 오전 열한시경이었다. 그녀의 기대와 다르게 그들은 쥐를 잡기는커녕 집안을 엉망으로 만들어놓았다.

"배가 고파 죽겠군!"

백이 망치로 거실 벽을 쾅 내리쳤다. 그 충격으로 벽에 걸어놓은 액자가 십오 도 정도 기우뚱 기울어졌다. 액자 속에는 아기가 태어난 지 백일 되던 날 찍은, 최초의 가족사진이 들어 있었다. 아기는 곰 얼굴 모양의 모자를 쓰고 남편의 무릎 위에 앉아 방긋 웃고 있었다. 남편도 입을 활짝 벌리고 웃고 있었다. 그녀는 그런 남편과 아기를 무척이나 흡족히 쳐다보고 있었다.

"배가 고파 죽겠어!"

백은 또 망치로 거실 벽을 쾅 내리쳤고, 액자가 십오 도 정도 더 기울어졌다. 삼십 도 정도 기운 사진 속 남편은 어안이 벙벙한 표정으로 바뀌어 있었다. 아기는 금방이라도 울음을 터뜨릴 듯 잔뜩 찡그리고 있었다. 그리고 그녀는 그런 남편과 아기가 몹시 짜증스럽다는 듯 흘겨보고 있었다.

"저 친구는 배가 고프면 물불을 못 가려요."

구가 그렇게 말해서 그녀는 하는 수 없이 그들에게 자장면과 짬뽕, 군만두를 배달시켜주었다. 백은 서너 젓가락질 만에 자장면 한 그릇을 해치웠다. 김은 기름이 잘잘 흐르는 군만두를 연신 손으로 집어 입속에 우걱우걱 쑤셔넣었다. 박은 짬뽕을 먹다 말고 리모컨을 집어들어 TV 채널을 이리저리 돌렸다.

그들은 그녀가 종이컵에 타준 인스턴트커피를 들고 베란다로 몰려나갔다. 그들은 십구층 아래를 내려다보며 낄낄낄거렸다.

구가 불붙은 담배꽁초를 허공으로 던지는 것을 바라보며 그녀는 그들을 당장 돌려보내는 편이 나을지 모른다는 생각이 들었다. 그러니까 쥐를 한 마리도 잡지 못했을 때 돌려보내는 편이. 쥐잡기 전문가는 그들 말고도 얼마든지 있을 것이었다.

거실로 들어온 그들은 졸음이 쏟아지는지 하품을 하거나 기지개를 켜며 집안을 어슬렁거렸다. 졸린 것은 그녀도 마찬가지였다.

자신도 모르는 새 꾸벅꾸벅 졸던 그녀는 소스라치게 놀라며 깨어났다. 자신을 포위하듯 둘러싸고 있는 그들을 겁에 질린 눈으로 바라보았다. 그들은 그녀가 자신들이 찾는 쥐라도 되듯, 그녀를 향해 망치와 쇠막대와 쇠꼬챙이를 쳐들고 있었다.

"쥐를 보긴 봤어요?"

구가 그녀에게 물었다.

"쥐요, 쥐!"

김이 그녀를 다그쳤다.

"봐……봤어요……"

그녀 스스로가 듣기에도 목소리가 몹시 떨려 나왔다.

"정말로 봤어요?"

김이 쇠막대를 그녀의 턱 아래에 불쑥 들이밀었다.

"봐, 봤다니까요……"

그들은 한 발 또 한 발 내디며 포위하듯 그녀를 에워쌌다.

"저, 정말로…… 봤어요……"

그녀가 간신히 그렇게 내뱉었을 때, 그들은 그녀를 완전히 포위해버렸다.

백이 어금니를 부드득부드득 가는 소리를 들으며 그녀는 스스로가 쥐가 된 듯한 착각에 사로잡혔다. 사흘 전 남편이 부엌에서 목격했던 그 쥐가. 순간 찍! 하고 비명이 터져나오려는 입을, 그녀는 얼른 손으로 틀어막았다.

어떻게든 그들에게서 벗어나야 한다는 생각에, 그녀는 폴
짝 뛰어 소파 위로 올라갔다. 망치가 그녀의 이마 바로 위에
서 번들거렸다. 그녀는 두 손으로 머리를 감싸며 으악! 소리
질렀다. 자신의 아기가 안방에서 곤히 잠들어 있다는 사실을
그만 망각하고는.

그녀가 머리를 감싼 팔을 풀고 슬그머니 고개를 들었을
때, 그들은 자기들끼리 떠들고 있었다.

"쥐를 보기는 봤다는군."

"봤으니까 봤다고 하는 거겠지?"

"그러게."

"아무래도 소파 뒤에 숨어 있을 것 같단 말이야."

김의 그 말이 끝나기 무섭게 그들은 소파로 달려들었다.
소파를 밀어 벽에서 떼어냈다. 그 바람에 소파 등받이 위에
차곡차곡 쌓아둔 일회용 기저귀들이 바닥으로 떨어졌다. 그
들이 기저귀를 함부로 밟아대며 소파 뒤쪽을 샅샅이 살폈지
만 쥐는 없었다.

"가만!"

구의 말에 다들 동작을 멈췄다.

"뭔 소리지?"

그녀는 그들과 함께 집안 어디선가 들려오는 소리에 귀를 기울였다.

쥐소리이기를 간절히 바랐지만 아니었다. 그것은 그녀의 아기가 내는 소리였다.

"아기가…… 깨어났나봐요……"

그녀는 그들의 눈치를 살피며 중얼거렸다. 그녀는 아기가 제발 다시 잠들기를 바랐지만, 아기는 도리어 집이 떠나가라 울부짖었다.

"시끄러워 죽겠군!"

백이 투덜거렸다. 그녀는 얼른 소파에서 내려가 안방으로 뛰어들어갔다. 아기가 얼굴이 새파랗게 질려서는 요람 속에서 팔과 다리를 버둥거리고 있었다. 그녀는 두 팔을 벌려 아기를 안아올렸다. 아기를 안고 거실로 나가자 그들이 기다렸다는 듯 그녀를 에워쌌다. 그녀의 가슴께로 얼굴들을 바짝 들이밀고 아기를 들여다보았다. 아기는 어리둥절한 표정으로 그들 한 명 한 명을 신기하다는 듯 바라보았다.

"자넬 닮았군! 요 두툼한 입을 봐."

박이 백에게 말했다.

"뭘? 딱 자네를 닮았는데!"

김이 말했다.

28

"내가 보기엔 자네를 닮았는걸. 코가 주먹만한 게 말이야."

구가 김의 얼굴에 대고 코를 킁킁거렸다.

그녀가 보기에는 그들 누구도 닮지 않았는데도, 그들은 아기가 서로를 닮았다며 우겨댔다. 아기가 그들을 닮았을 리 없었다. 그들 중 그 누구도. 그건 정말이지 있을 수 없는 일이라고 그녀는 생각했다.

"우리 넷 중에 누굴 가장 닮은 것 같아요?"

그녀는 눈을 동그랗게 뜨고 구를 바라보았다.

"누굴요……?"

"아기가 우리 넷 중 누굴 가장 닮은 것 같냐고요!"

평소 남편과 판박이라고 생각한 아기의 얼굴을 그녀는 새삼스레 정색을 하고 바라보았다. 아기의 눈 코 입을 유심히 뜯어본 뒤, 고개를 들어 그들의 얼굴을 차례로 살폈다. 그러고 보니 아기는 백을, 구를, 그리고 김을, 심지어는 박을 닮은 것도 같았다. 그들 중 누구를 닮았다고 딱히 말할 수 없을 만큼 그들 모두를 골고루.

"그게……"

"아기는 딱 질색이야."

백이 투덜거렸다.

"뒤룩뒤룩 살이 쪘군."

박이 비꼬았다. 아기는 부쩍 살이 통통하게 올라 있었다. 아기의 울룩불룩 살이 오른 허벅지는 그녀의 팔뚝보다 굵었다.

"그러게 새끼 돼지처럼 살이 쪘어."

김이 그녀에게서 덥석 아기를 빼앗아갔다. 그는 생후 구 개월밖에 안 된 아기를 목말 태우더니 제자리에서 빙글빙글 돌았다. 놀라 눈을 동그랗게 뜨고 있던 아기가 배시시 웃었다. 그는 아기를 허공으로 내던지듯 번쩍번쩍 들어올렸고, 그녀는 그때마다 목안에서 비명을 내질렀다.

아기는 이제 김에게서 구에게로, 박에게로 건네졌다. 박이 아기를 건네려 하자 백이 팔짱을 끼며 투덜거렸다.

"나는 아기는 질색이야. 아기라면 아주 질색이라니까!"

때마침 전화기가 울렸다. 그녀는 그것이 구원의 손길이라도 되는 듯 송수화기를 집어들었다. 남편이기를 바랐는데 정수기 검침원이었다. 검침원은 토요일 오전 열한시에 정수기 점검을 위해 방문할 예정이라고 통보한 뒤 전화를 끊었다. 검침원은 한 달에 한 차례 방문해 정수기 필터를 교환해주고, 비데나 연수기 같은 제품을 홍보하다 가버렸다. 그녀는 검침원과의 통화가 끝나자마자 남편의 휴대전화로 전화를 걸었다.

아기는 여전히 박의 품에 안겨 있었다. 그는 고무 인형을 주물럭거리듯 아기의 팔다리를 주물럭거렸다. 아기는 태어나 한 번도 짓지 않은 괴상한 표정을 짓고 있었는데, 그 표정 때문인지 그들 중 누군가를 판에 박은 듯했다. 그렇지만 아기가 그들 중 누군가를 닮았을 리가 없었다. 그들은 쥐를 소탕하기 위해 남편이 집으로 보낸 사람들이었다. 중요한 미팅이나 회의라도 있는지 남편은 전화를 받지 않았다.

"저 방에 숨었을까?"

구의 그 말이 끝나기가 무섭게, 그들은 아기를 소파에 내팽개쳐버리고 작은방 쪽으로 후다닥 몰려갔다. 그녀는 소파로 달려가 아기를 잽싸게 안아들었다.

그들은 작은방 문을 열고 그 안으로 뛰어들어갔다. 작은방은 잡동사니 천지였다.

"쥐다!"

그들 중 누군가 그렇게 소리질렀고, 백이 방바닥을 망치로 사정없이 내리쳤다. 방바닥에 금이 가지나 않을까 걱정이 될 만큼 망치질은 과격했다. 아기를 꼭 끌어안고 백의 광기 어린 망치질을 망연자실 바라보던 그녀는, 너덜너덜 피투성이가 된 쥐의 몰골이 저절로 머릿속에 그려져 고개를 절레절레

저었다.

그러나 찢어지고 해진 장판지 위에서 부들부들 떨고 있는 것은 피투성이의 쥐가 아니었다. 그것은 플라스틱 재질의 태엽 감는 오리인형이었다. 오리인형은 머리통과 한쪽 다리가 떨어져나가 흉측하기 짝이 없는 몰골이었다. 오리인형의 몸뚱이에서 떨어져나온 파편이 여기저기 널려 있었다.

"꼭 쥐 같았다니까……"

그녀의 등뒤에서 백의 풀죽은 목소리가 들려왔다. 그러고 보니 오리인형은 얼핏 쥐처럼 보이기도 했다.

그녀는 오리인형을 집어들고 태엽을 감아보았다. 그럭저럭 잘 감겨 태엽을 끝까지 감았다. 그녀가 손을 놓자 태엽이 돌아가며 오리인형이 으스러진 한쪽 다리를 발길질하듯 떨어댔다. 그것이 재미있는지 아기가 두 팔을 내저었다. 아기가 오리인형을 흉내내듯 한쪽 다리를 떨어댔다. 오리인형이 망가진 것을 알면 남편은 몹시도 슬퍼할 것이다. 남편이 오리인형의 태엽을 끝까지 감아 아기의 피둥피둥 살찐 허벅지 위에 올려놓으며 행복해하던 모습이 눈에 선했다. 오리인형이 허벅지 위에서 뒤뚱뒤뚱 서너 발짝을 걷다가 고꾸라지자 아기는 흥분해 엉덩이를 들썩거렸다.

그러나 그녀는 곧 오리인형이 문제가 아니라는 걸 깨달아야만 했다.

그들이 눈 깜짝할 사이에 부숴놓은 공기정화기를 바라보며, 그녀는 어쩌면 그들이 쥐잡기 전문가가 아닐지도 모른다는 의심을 했다. 그들의 손에 들린 도구들만 해도 미련스럽고 무식하기 짝이 없었다. 차라리 끈끈이 같은 것을 사다가 집 곳곳에 놓아두는 편이 더 수월하게 쥐를 잡는 방법일 것 같았다.

그녀는 공기정화기를 한 달 전 TV 홈쇼핑을 통해 십 개월 무이자 할부로 구입했다. 부서진 공기정화기의 할부금을 구 개월 동안 꼬박꼬박 내야 한다고 생각하니 그녀는 울화통이 터졌다.

그녀는 이제 경찰이라도 불러 그들을 집에서 내쫓아야 한다는 절박한 심정이었다. 경찰에 신고하기 위해 송수화기를 집어드는데 플래시 불빛이 그녀를 비추었다.

"어디 급하게 전화할 데라도 있나봐요?"

"급하게 전화할 데가 있으면 해야지!"

그녀는 떨리는 손가락으로 남편의 휴대전화 번호를 눌렀다. 번호를 잘못 누르는 바람에 그녀는 두 번이나 다시 눌러야 했다. 신호는 갔지만 남편은 여전히 전화를 받지 않았다.

"남편이 전화를 받지 않네요…… 쥐가 잘 잡히지 않는다고…… 알려주려고 했는데……"

"금방 잡아줄 테니 걱정 붙들어 매요!"

박이 낄낄거렸다.

"쥐새끼가 대체 어디에 숨은 거지?"

그들은 또다시 쥐를 잡는 데 혈안이 되어서는 신발장 안의 신발들을 죄다 밖에 꺼내놓았다. 엉망이 된 집을 둘러보며 그녀는 집을 마련하느라 은행에서 얻은, 결코 적지 않은 융자금을 떠올렸다. 통장에서는 다달이 적지 않은 이자가 자동으로 빠져나가고 있었다.

불현듯 쥐가 한 마리도 없을지 모른다는 생각이 그녀의 머리를 번개처럼 스치고 지나갔다. 자신의 집에 단 한 마리의 쥐도 없을지 모른다는 불길한 생각이.

쥐를 목격하던 날 밤 남편은 술에 몹시 취해 있었다. 집 어디서도 쥐똥이 발견되지 않은 걸 보면, 남편이 술에 취해 헛것을 본 게 아닐까 싶었다. 남편이 쥐를 목격한 것이 사흘 전이니까, 그사이에 쥐가 다른 집으로 가버렸을 수도 있지 않은가.

그녀는 아기를 거실 바닥에 내려놓았다. 오리인형의 태엽을 끝까지 감아 아기의 손이 닿는 곳에 놓아주었다.

그녀는 조용히 부엌으로 갔다. 부엌 미닫이문을 꼭 닫고 가스레인지 뒤쪽을 살폈다. 라면 부스러기와 말라비틀어진 김치 쪼가리는 보였지만 쥐똥 같은 것은 보이지 않았다. 가스레인지를 들고 그 아래 바닥을 살피는 그녀의 눈에 쥐똥처럼 생긴 거무스름한 것이 들어왔다. 그것이 부디 쥐똥이기를 간절히 바랐지만 안타깝게도 아니었다. 그것은 그냥 썩어 말라비틀어진 한 톨의 밥알이었다.

그녀가 어깨를 늘어뜨리고 부엌에서 나왔을 때 그들은 안방 장롱을 뒤지고 있었다. 그새 옷가지들과 이불들이 장롱에서 꺼내져 바닥에 널브러져 있었다. 그녀는 마음 같아서는 십만 원짜리 수표를 한 장씩 그들의 손에 들려주어서라도 그만 집에서 내보내고 싶었다. 그들이 쥐를 한 마리씩 잡은 셈 치고.

안방을 쑥대밭으로 만들고도 쥐를 찾지 못한 그들이 거실로 몰려나왔다.

"쥐는······"

목소리가 심하게 떨려나와 그녀는 침을 한번 꿀꺽 삼켰다. 어쩌면 쥐가 집 어디에도 없을지도 모르겠다는 말을 그들에게 할 용기가 나지 않았다.

"언제나 잡힐까요……?"

때마침 망가진 오리인형을 잘도 가지고 놀던 아기가 칭얼거렸다. 그녀는 아기를 어르며 안방으로 갔다.

그들이 유일하게 건들지 않은 요람 속은 어느 때보다 아늑하고 평온해 보였다. 그녀는 그럴 수만 있다면 아기와 함께 요람 속에 누워 세상모르고 잠들고 싶었다.

"모든 게 다 네 아빠가 봤다는 쥐 때문이란다. 쥐!"

그녀는 아기를 요람 속에 누이고 그렇게 말했다. 아기의 입이 벙긋 벌어지더니 도토리만한 침방울이 만들어졌다. 침방울이 터지는 동시에 아기가 한 음절의 낱말을 내뱉었다. 그런데 그녀의 귀에는 그 소리가 영락없이 '쥐'로 들렸다.

"쥐?"

아기의 입이 또 벙긋 벌어지더니, 아까보다 더 커다란 침방울이 만들어졌다. 점점 부풀어오르던 침방울이 터지며 아기가 한 음절의 낱말을 또 내뱉었다.

"쥐!"

"쥐? 쥐라고 했니?"

"쥐쥐쥐쥐쥐쪅쪅찍찍찍……"

한번 터진 아기의 입은 좀처럼 다물어질 줄 몰랐다. 그녀는 자신의 아기가 가장 처음 내뱉는 말이 엄마나 아빠가 아

니라 쥐일 거라고는 상상도 못했다. 서운할 만도 했지만, 그
럴 정신이 그녀에게는 남아 있지 않았다.

그녀는 망가진 오리인형을 아기의 배 위에 올려놓았다. 끝
까지 태엽을 감은 오리인형의 한쪽 다리가 부들부들 떨렸다.

그녀는 아기가 잠들 때까지 기다렸다가 요람 곁을 떠났다.
안방을 나오며 그녀는 문을 꼭 닫았다. 소파로 가 바닥에 내
팽개쳐진 십자수를 집어들고 포도알을 메워나가기 시작했
다. 한 알, 또 한 알, 또 한 알······

"쉿!"
"방금 쥐소리를 들은 것 같은데······"
"나도!"
"저 방에서 들리는 것 같은데?"

구가 쇠꼬챙이를 들어 안방 문을 가리켰다. 구는 김과 백,
박을 향해 고개를 끄덕여 보였다. 그들은 구를 선두로, 그녀
가 꼭 닫아놓은 안방 문 쪽으로 살금살금 움직여 갔다.

그들은 그녀가 말릴 새도 없이 순식간에 아기가 잠들어 있
는 요람을 포위했다. 그녀는 그제야 그들이 들었다던 쥐소리
가, 요람 속 아기가 낸 소리일지도 모른다는 생각이 퍼뜩 들
었다. 그 순간, 그녀의 손에 들린 은색 십자수 바늘이 낚시찌

처럼 바르르 떨렸다.

　그녀는 거의 다 메워진 포도알을 마저 메워야 할지, 당장 안방으로 뛰어들어가 그들을 말려야 할지 몹시 고민되었다. 그들이 남편이 보낸 쥐잡기 전문가들이라는 사실을 까맣게 망각할 만큼.

나는 염소가 처음이야

1

모든 준비는 끝나 있었다. 학생들이 오기 전부터 그곳에는 해부를 위한 만반의 준비가 갖추어져 있었다. 해부와 관련없는 물건은 그곳에 하나도 없었다. 그것은 당연했는데 그곳이 해부실이었기 때문이다. 김장배추 수십 포기를 절이거나 이불을 빨 때 주로 쓰는 고무 다라이는 피를 받는 용도로 사용되었다. 해부실 한구석 알루미늄 진열대 맨 아래 칸에 차곡차곡 쌓아둔 스테인리스스틸 통은 해부한 동물의 위, 폐, 심장, 쓸개, 콩팥, 십이지장, 직장 등을 담기 위한 용기였다. 해부용 메스와 가위, 거즈, 혈관이나 피부를 집을 때 필요한 드베키 포셉, 진공 석션기, 마스크, 라텍스 장갑 등등 해부용 도구는 진열대 두번째 칸에 종류별로 분류되어 놓여 있었다.

대형 조리대처럼 생긴 해부대와 수도꼭지가 설치된 큼직한 개수통 때문에 해부실은 요리 학원 조리실 같기도 했다.

드라이아이스가 한 덩이 녹고 있는 듯한 한기가 해부실 공기 중에 감돌았다.

학생들은 흰 가운을 걸치고 해부실 여기저기 흩어져 있었다.

"염소만 오면 되겠어."

장교수가 말했다.

"그러게요, 염소만 오면 되겠어요."

윤이 중얼거렸다.

해부실에 든 뒤로 학생들은 염소를 기다렸다. 곧 염소가 올 거라고 생각했기 때문에, 학생들은 정시에 도착하는 열차를 기다리듯 염소를 기다렸다.

2

복도에서 수레 끄는 소리가 들려왔다. 뒤축이 벗겨지는 단화를 질질 끌며 걷는 것 같은 그 소리는 점점 크게 들려왔다.

"염소가 오는군!"

장교수가 좁은 미간을 더 좁히며 의미심장한 표정을 지었다.

학생들은 일사불란하게 해부대를 둘러싸고 섰다.

수레 끄는 소리는 그러나 해부실 문 앞을 그대로 지나쳐 갔다.

"염소가 아니었나봐."

곽이 투덜거렸다.

그러나 염소가 금방 올 거라고 생각했으므로 학생들은 흩어지지 않고 해부대를 둘러싸고 모여 서 있었다.

3

육 인용 식탁 크기의 해부대는 텅 비어 있었다. 그림자가 지지 않아 수술실에서 특수조명으로 사용되는 무영등이 해부대 위에 설치되어 있었다. 학생들이 해부실 문을 열고 들어서기 전부터 무영등은 곱게 간 백분 같은 불빛을 해부대에 내쏘고 있었다. 무영등이 해부대만을 집중적으로 비추고 있어서 해부실 구석구석은 그을음이 낀 듯 어두침침했다.

학생들은 염소가 오자마자 그것을 해부대 위에 올릴 것이었다. 메스로 염소의 가슴과 배를 절개한 뒤 뼈 구조를 조사하고, 심장과 허파와 위와 콩팥 등 장기들의 위치를 관찰하고, 생식기의 모양과 크기를 살필 것이었다.

염소는 해부 실습 교재로 흔히 쓰이는 동물이었다. 뼈 구조와 장기가 인간과 비슷할 뿐 아니라 조달이 쉬운데다, 쥐나 토끼만큼은 아니었지만 다루기가 용이해서였다. 낙타나 코끼리, 기린을 해부대 위에 올리고 배를 가르는 광경은 아무래도 과장되고 우스꽝스러웠다.

염소 해부 실습은 해부학 수업의 한 과정이었다. 학생들은 염소 해부 과정은 물론 염소의 내부 구조를 리포트로 작성해 담당 교수인 장교수에게 기말고사 과제물로 제출해야 했다. 학생들은 염소를 육안으로 살필 뿐 아니라 사진으로 찍고, 글로 기록하고, 그림으로 그릴 것이었다.

학생들은 해부 실습에 참여하기 위해 승합차까지 대절해 이곳 '동물실험연구소'를 찾아왔다. 여러 개의 해부실을 갖춘 동물실험연구소는 의과나 수의과, 생물학과 학생들에게 해부실을 대여하고 해부용 교재로 쓰일 동물을 제공했다.

라텍스 장갑을 낀 손으로 스테인리스스틸 재질의 판판하고 반질반질한 해부대를 더듬던 장교수가 갑자기 정색하고 말했다.

"참, 기도를 해야지."

"기도를요?"

편이 눈썹을 찌푸렸다.

"해부하기 전에 기도를 한다던걸."

그가 말했다.

해부용 사체인 커대버를 해부 실습할 때, 해부실 한쪽에 마련된 분향대에서 향을 피우고 다 같이 기도를 한다는 이야기를, 그는 의과대생에게서 들은 적이 있었다. 포르말린으로 방부 처리한 커대버의 영혼을 위해서.

"그래서, 염소를 위해서 기도하자는 거야?"

곽이 물었다.

"염소를 위해 기도하면 하는 거지."

윤이 중얼거렸다.

그러나 염소가 오든지 해야 기도를 하든 말든 할 것이었다.

두 손을 배꼽 앞에서 맞잡고 해부대를 내려다보는 장교수의 얼굴이 진지하다못해 심각했다. 그 위에 염소가 드러누워 있기라도 한 듯. 라텍스 장갑을 착용한데다 무영등 불빛을 받아 장교수의 손은 흡사 폴리프로필렌으로 만든 의수 같았다.

장교수가 맞잡은 두 손을 풀더니 성큼성큼 문 쪽으로 걸어갔다. 문 앞에 염소가 와 있기라도 한 듯.

난잡하게 흩어져 있던 학생들의 시선이 장교수에게 쏠렸다. 학생들은 장교수가 문을 열고 염소를 들이기를 기대했지만, 그는 문 앞을 시계추처럼 오락가락하기만 했다. 해부실에 든 뒤로 장교수는 불안하고 초조해 보였다. 그러나 그것이 염소 해부 실습을 앞두고 있어서인지 다른 이유 때문인지 그로서는 알 수 없었다.

4

학생들이 해부대를 중심으로 모였다 흩어지기를 세 차례나 반복하도록 염소는 오지 않았다.

해부실에서 학생들이 할 수 있는 일은 염소를 기다리거나, 해부대를 중심으로 모였다 흩어지는 것밖에 없었다.

"염소가 오고 있겠지?"

그는 딱히 누구에게랄 것 없이 물었다.

"오고 있겠지."

윤이 건성으로 대꾸했다.

그러나 그가 그렇게 물은 것은 염소가 오지 않아서가 아니었다. 염소가 오지 않기를 바라서였다. 차마 말하지 못했지만 그는 염소가 오지 않기를 바랐다. 그는 개구리와 황소개구리, 쥐, 닭, 검정우럭을 해부한 적은 있지만 염소처럼 큰 동물을 해부한 적은 없었다. 가장 최근에 해부한 동물은 검정우럭이었다. 산란기를 맞은 검정우럭의 뱃속은 노란 알로 차 있었다.

5

배회하듯 해부실을 어슬렁거리던 박이 해부대 쪽으로 다가가더니 몸을 바짝 붙이고 섰다. 지루한 듯 하품을 연신 해대던 편도 쭈뼛쭈뼛 해부대로 다가가 허벅지를 붙이고 섰다. 해부실 여기저기 흩어져 있던 학생들은 그렇게 하나둘 해부대로 모여들어 그것을 포위하듯 둘러싸고 섰다.

수레 끄는 소리가 또다시 복도에서 들려왔다.

"이제야 염소가 오나봐."

박이 어깨로 그의 어깨를 툭 쳐왔다.

수레 끄는 소리는 그러나 들려오다 말았다.

6

여전히 오지 않았지만 그는 염소가 당장이라도 올 것이라고 생각했다. 염소 해부 실습은 두 달 전부터 잡혀 있었다. 그러므로 해부 실습에 쓰일 염소는 일찌감치 준비되었을 것이었다. 그는 염소가 이미 해부실에 와 있는 것 같기도 했다. 심지어 염소가 사지를 벌리고 해부대 위에 드러누워 있는 것 같은 기분마저 들었다.

그는 염소가 아직 오지 않았다는 것을, 따라서 해부대가 텅 비었다는 것을 스스로에게 똑똑히 일깨워주기 위해 해부대를 뚫어져라 응시했다. 눈동자에 경련이 일도록 응시하고 있으려니 얼마나 많은 염소가 해부대 위에 놓였었는지, 무영등 불빛 아래서 배가 갈리고 장기가 꺼내졌었는지 궁금하다는 생각이 들었다. 그는 생물학과 선배나 동기들이 해부 실습을 위해 승합차를 타고 동물실험연구소로 몰려가는 것을 종종 보았다. 해부대는 그러나 염소는커녕 개구리나 쥐조차 놓인 적 없는 듯 깨끗했다. 피냄새는커녕 락스 냄새만 희미하게 풍겼다.

해부대가 텅 비었다는 것을 다시금 스스로에게 일깨워주려 그는 손으로 해부대를 쓸었다. 라텍스 장갑을 착용했는데도 스테인리스 특유의 차갑고 매끄러운 감촉이 손에 고스란히 전해졌다.

"해부중에 염소가 깨어나면 어쩌지?"

그렇게 중얼거리던 그는 생각만으로도 소름이 끼쳐 어깨를 떨었다. 염소가 아직 오지도 않았고, 따라서 아직 염소의 배를 가르지도 않는데, 그는 그것이 걱정이었다. 개구리 해부 실습 때 핀셋으로 장기들을 끄집어내고 있는데 마취에서 깨어난 개구리가 번쩍 눈을 뜨고 자신을 노려보던 게 떠오르기까지 했다.

"깨어나면 깨어나는 거지."

곽이 그를 면박 주었다.

전날 그는 곽의 페이스북에 들어갔다가 자신의 사진이 올라와 있는 것을 보고 깜짝 놀랐다. 그가 황소개구리를 책상 모서리에 내리치는 장면을 포착해 찍은 사진이었다. 닭발만 한 뒷다리를 손으로 잡고서. 운동신경 관련 실험이라 마취를 하면 안 되어서 머리에 충격을 가해 기절시킨 뒤 척추를 부러뜨려야 했는데 머리가 자꾸만 모서리를 비껴갔다. 그가 사진을 내려달라고 요구했지만 곽은 내리지 않고 있었다.

"그게 아니라, 간이나 심장을 꺼내려는데 염소가 깨어나기라도 하면……"

"글쎄, 깨어나면 깨어나는 거지."

곽이 우겼다.

개구리는 그가 최초로 해부한 동물이었다. 당시 초등학교 5학년이던 그는 담임 선생이 나누어준 면도날로 개구리의 아래턱에서 항문까지 갈랐다. 빨갛고, 노랗고, 하얗고, 검은 개구리 뱃속이 어찌나 아름답던지. 폐, 간, 심장, 쓸개, 소장, 십이지장, 직장, 위, 난소, 콩팥, 췌장, 방광. 그 모든 게 옹기종기 모여 있는 뱃속이.

"쑥색 간에 둘러싸여 있던 심장이 뛰고 있었어……"

그가 꿈을 꾸듯 중얼거리는 소리를 듣고는 곽이 편을 쳐다보고 말했다.

"심장이 뛰고 있었다는군!"

"글쎄, 심장이 뛰고 있었대!"

편이 박을 쳐다보고 말했다.

"심장이 뛰고 있었다지 뭐야!"

박이 윤을 쳐다보고 말했다.

그때 복도에서 또다시 수레 끄는 소리가 들려왔다.

"염소가 오는군."

한이 말했다.

수레 끄는 소리가 가까워지는가 싶더니 한순간 사라졌다.

"염소가 아니었나봐."

곽이 투덜거렸다.

"염소가 아니었으면 뭐였을까?"

편이 눈을 동그랗게 떴다.

"개였나?"

박이 말했다.

동물실험연구소에는 스무 개가 넘는 실험실이 있었고, 실험실마다 다양한 실험이 행해졌다.

"돼지였을지도 모르지."

장교수가 얼굴을 구겼다.

돼지는 토끼나 개만큼 실험 교재로 흔히 쓰이는 동물이었다.

"토끼였는지도 몰라."

박이 말했다.

"염소였을지도 모르지……"

그가 말했다.

"염소?"

장교수가 그를 쏘아보았다.

"염소요……"

그가 자신 없는 목소리로 대꾸했다.

"자네 말대로 염소였는지도 모르지."

혼잣말처럼 중얼거리며 해부대 주위를 서성이던 장교수가 그를 홱 돌아보았다.

"그나저나 안됐군."

장교수가 자신을 하도 뚫어져라 바라보아서 그는 혼란스러웠다. 자신이 안됐다는 말인지, 염소가 안됐다는 말인지 분간이 안 되어서.

그는 자신들의 염소가 혹시나 다른 실험실로 보내진 게 아닐까 의심이 들었지만 확인할 방법은 없었다.

7

염소는 아직 오지 않았다. 염소가 오지 않았기 때문에, 해부실에서 학생들이 할 수 있는 일은 염소를 기다리는 일 말고는 없었다.

"염소가 몇 년이나 살지?"

"십 년은 살지 않아?"

"십 년? 이십 년은 살걸?"

"십 년이나 이십 년이나!"

"새끼 염소일까?"

박이 물었다.

"새끼 염소는 아닐 거야."

김이 말했다.

"설마 늙은 염소는 아니겠지?"

그는 난감해했다.

"아무렴 어때."

윤이 무미건조한 목소리로 말했다.

염소라는 것 말고, 학생들이 염소에 대해 아는 것은 없었다. 염소가 오든 해야 새끼 염소인지, 늙은 염소인지 알 수 있을 것이었다.

"늙은 염소면 곤란하지 않을까."

그는 동의를 구하기 위해 장교수를 바라보았다. 장교수는 해부대에서 서너 발짝 떨어져서는 이마를 구기고 뭔가 생각에 골몰해 있었다. 장교수는 학생들에게 염소에 대해, 염소라는 것 말고는 다른 어떤 이야기도 해주지 않았다.

"늙은 염소가 어때서. 데려다 키울 것도 아니잖아."

김이 말했다.

"새끼 염소보다 늙은 염소가 낫지 않아?"

박이 말했다.

"그게 짐승이 늙으면 인간이 짓는 표정하고 똑같은 표정을 짓더라고……"

그는 아파트 엘리베이터 안에서 만난 개가 인간이 짓는 표정을 짓고 자신을 빤히 바라보아서 놀랐던 기억을 떠올렸다.

"열아홉 살이야. 인간 나이로 치면 아흔 살이지. 개들은 인간보다 나이를 빨리 먹으니까."

개 주인인 노파의 상냥한 웃음이 어쩐지 끔찍해서 그는 아무 대꾸도 못했다.

그는 유전자 변형으로 애완견들의 얼굴이 인간의 얼굴, 그것도 아기의 얼굴을 점점 더 닮아가고 있다는 기사를 생명공학 전문 잡지에서 읽은 적이 있었다. 기사를 다 읽고 난 뒤 그는 의문이 들었다. 동물의 입장에서 인간의 얼굴을 닮아가는 것이 진화인지, 퇴화인지.

그의 어깨를 곽이 툭 쳤다.

"마취시키면 어차피 얼굴이 돌처럼 굳어버릴 텐데 뭔 걱정이야."

"염소가 오자마자 얼굴을 가리면 되잖아."

윤이 말했다.

"의과대생인 내 전 남자친구 말로는 커대버로 해부 실습을 할 때 커대버의 얼굴을 흰 천으로 가린다던데." 해부실에 든 뒤로 내내 아무 말이 없던 민이 말했다. "처음 해부 실습을 할 때 커대버의 얼굴이 궁금해서 실습에 집중할 수가 없었다지 뭐야."

"얼굴이?"

그가 물었다.

"커대버가 여자였대."

"젊은 여자였나보군?"

박이 톱날처럼 들쭉날쭉한 아랫니를 드러내며 웃었다.

"물론 알몸이었을 테고."

곽이 의뭉스러운 웃음을 흘렸다.

"그게 아니라…… 그 친구 어릴 때 어머니가 돌아가셨거든. 커대버가 죽은 어머니일 것만 같았대. 이십 년 전에 돌아가신 어머니가 커대버가 되어 스테인리스 관 속에 누워 있는 것만 같았대."

"저런!"

김이 고개를 흔들었다.

"그런데 그 친구는 어머니 얼굴을 전혀 기억 못한다지 뭐야. 너무 어릴 때 돌아가셔서 말이야."

"사진으로는 봤을 거 아니야."

곽이 물었다.

"새어머니가 어머니 사진을 전부 없애버렸대."

"나쁜 년이군!"

장교수가 웃음도, 비웃음도 아닌 애매한 표정을 지었다. 장교수가 평소에 자주 짓는 그 표정이 그는 그날따라 거슬렸다. 그는 그 이유가 벌써 왔어야 할 염소가 오지 않고 있기 때문이라고 생각했다.

8

"암놈일까?"

박이 그와 윤을 번갈아 바라보며 물었다.

"암놈은 아닐 거야."

윤이 말했다.

"어째서?"

그는 윤에게 물었다.

"암놈은 새끼를 낳아야 하니까."

"새끼를 더는 못 낳는 늙은 암놈일 수도 있지."

민이 말했다.

"염소가 오면 알겠지. 암놈인지, 수놈인지."

편이 말했다.

그는 문득 해부 실습 교재로 쓰일 염소가 도대체 어디서 오는지 궁금했다. 동물실험연구소 어딘가 실험과 해부 교재로 쓰일 동물들을 사육하는 장소가 있을 거라고 막연히 짐작할 뿐이었다. 동물실험연구소는 오층 건물로 어딘가 폐쇄적이고 비밀스러운 분위기를 풍겼다. 출입문뿐 아니라 복도를 따라 일렬로 서 있는 문마다 '관계자 외 출입 금지'라는 경고 문구가 붙어 있었다.

9

해부대를 둘러싸고 모여 서 있던 학생들을 흐트러뜨리며 장교수가 문 쪽으로 걸어갔다.

학생들의 시선이 일제히 장교수에게 쏠렸다.

장교수가 학생들을 돌아다보았다.

"내가 가서 염소가 오고 있는지 알아보고 와야겠어."

장교수는 학생들과 함께 해부실에 든 뒤로 한 번도 열린 적이 없는 문을 덜컥 열었다. 복도에 밴 포르말린 냄새가 훅 끼쳤다. 퇴장하듯 복도로 걸어나가는 장교수를 학생들은 멀

뚱히 바라보기만 했다. 복도를 따라 늘어선 문들이 집단으로 경기를 일으킬 만큼 문이 거칠게 닫혔다.

복도에 울리는 장교수의 발소리가 멀어지기도 전에 곽이 말했다.

"나이가 쉰여섯 살이래."

"누가?"

김이 물었다.

"장교수 말이야. 조교 말로는 강사치고 나이가 너무 많아서 교수들이 부담스러워한다던걸. 중식당에서 회식이 있었는데 나이가 가장 들어 보이는 장교수가 당연히 학과장인 줄 알고 종업원이 장교수 앞에 가장 먼저 음식을 놓더래."

곽이 말했다.

"아무튼 강사들 중에 가장 늙었어."

편이 비웃었다.

10

학생들이 해부대를 중심으로 모였다 흩어지기를 세 차례나 더 반복하도록 장교수도, 염소도 오지 않았다. 복도는 쥐

죽은듯 조용했다.

해부실 구석에 박혀 흠칫 어깨를 떨던 민이 해부대로 천천히, 해부실 공기를 긴장시키며 걸어갔다. 놀랍고 끔찍한 광경이 눈앞에 펼쳐지고 있는 듯 두 눈을 크게 떴다.

편이 해부대로 걸어가더니 냉소를 머금은 얼굴로 해부대를 쏘아보았다.

윤이 해부대에 대고 완강히 고개를 저었다.

진열대 두번째 칸에 놓인 해부 도구들을 만지작거리던 곽이 슬그머니 메스를 집어들었다. 손가락들을 오므려 메스를 꼭 감싸쥐고 뚜벅뚜벅 해부대로 걸어갔다. 살얼음이 낀 듯 냉기가 감도는 해부대를 가운데 두고 느리게 원을 그리듯 돌았다.

11

"왜 안 오지?"

곽이 투덜거렸다.

"그러게……"

중얼거리던 그는 자신이 기다리는 것이 염소인지, 장교수인지 순간 분간이 안 되었다. 염소도, 염소가 오는지 알아보러 나간 장교수도 오지 않고 있었기 때문이다.

"하여간 늘 기다리게 한다니까."

민이 짜증을 냈다.

"장교수 말이야?"

그가 물었다.

"장교수가 왜?"

곽이 그를 쳐다보았다.

"기다리는 데 아주 질렸어."

민이 고개를 흔들었다.

"염소 말이야?"

"어제도 하루종일 기다리게 하더니만, 오늘도 기다리게 하다니! 기다리는 거라면 질색이야."

"그러니까, 염소가 말이야?"

"평생을 기다리게 할지도 모르지."

민이 그의 말을 무시하고 말했다.

그는 해부실 벽에 걸린 시계를 바라보았다. 자신들이 해부실에 도착했을 때 열시 오분을 가리키던 시계는 열시 삼십이분을 가리키고 있었다. 염소를 기다린 지 고작 삼십 분밖에 안 되었다는 사실이 그는 믿기지 않았다. 해부실에 든 뒤로 내내 염소를 기다려서인지 그는 며칠 전부터 염소를 기다린 것 같은 기분이 들었다. 혹시나 시계가 잘못된 게 아닌가 싶었지만 아니었다. 그는 삼십 분이 긴 시간은 아니지만 염소를 기다리기에는 긴 시간이라는 생각도 들었다. 그 이유를 논리적으로 설명할 수는 없지만.

그런데 생각해보니 자신들이 기다리는 시간이 길어질수록 염소의 생명은 그만큼 연장되는 셈이었다. 그러니 염소로서는 자신들이 기다리는 시간이 길어지면 길어질수록 좋을 것이었다. 그는 그러나 그것이 염소에게 무슨 의미가 있나 싶었다. 어차피 해부 실습 교재로 쓰일 염소일 테니까. 그러지 않은 염소들도 결국은 때가 되면 도축되어 엑기스로 만들어지거나 음식으로 요리되어 인간의 입으로 들어갈 것이었다.

복도 문들 중 하나가 열리고 닫히는 소리가 연속해서 들려왔다.

"배가 고파 죽을 것 같아. 어제 저녁에 컵라면 하나 먹고 아무것도 못 먹었단 말이야."

편이 말했다.

"일층에 매점이 있던데, 빵하고 우유라도 사다 먹을까?"

그가 말했다.

"염소가 오면 어쩌려고?"

곽이 면박을 주었다.

"나는 아까부터 오줌이 마려운데도 참고 있단 말이야."

김이 말했다.

"염소가 올까봐?"

그가 물었다.

"염소 말고 또 있어?"

"염소 때문에 도대체 아무것도 할 수가 없군."

윤이 투덜거렸다.

"그러게, 염소 때문에!"

편이 화를 냈다.

"아무래도 내가 알아보고 와야겠어."

편이 문 쪽으로 빠르게 걸어갔다. 문을 열고 복도로 나갔다.

12

학생들이 해부대를 중심으로 모였다 흩어지기를 네 차례
나 더 반복하도록 염소도, 장교수도, 편도 오지 않았다.

학생들은 염소가 오지 않는 이유를 모르듯 장교수가 오지
않는 이유를 몰랐다. 편이 오지 않는 이유 또한.

셋 다 오지 않아서 그는 자신이 셋 중 누구를 기다리는지 헷갈렸다. 그 셋 중에 하나를 기다려야 한다면 염소를 기다려야 한다고 그는 생각했다. 그러나 장교수가 와야 염소를 해부할 수 있을 것이었다.

염소가 아직 오지 않았고 따라서 해부 실습이 이루어지지 않았는데도 민은 A4 용지를 해부대 위에 꺼내놓고 글자를 적어나가기 시작했다. 용지 상단에는 '염소 해부 보고서'라는 글자가 명조체로 인쇄되어 있었다.

13

"쓸개는 내가 꺼내겠어."

박이 말했다.

"그럼 폐는 내가."

윤이 말했다.

"췌장은 내가 꺼내야겠군."

곽이 말했다.

"간은 내가 꺼내지."

최가 말했다.

그는 다른 학생들이 하는 말을 듣고 있으려니, 염소가 이미 배가 갈리고 피가 제거된 채 해부대에 널브러져 있는 것 같은 착각이 들었다. 그러나 염소는 아직 오지 않았고, 해부대는 텅 비어 있었다.

"콩팥도 내가 꺼내야 하나?"

윤이 그를 쳐다보고 말했다.

"심장은 누가 꺼내지?"

곽이 그를 쳐다보고 물었다.

14

구석으로 숨어들던 그는 녹슨 못이 뽑히는 것 같은 비명이 토해지도록 소스라치게 놀랐다. 그가 숨어들려는 구석에서 최가 그의 등을 떠밀며 불쑥 튀어나왔다.

최가 해부실에 자신들과 함께 있는 줄 그는 까맣게 몰랐다.

"너도 2조였어?"

생물학과 동기였지만, 그는 최와 말 한마디 제대로 나누어보지 못해 서먹서먹했다.

"2조가 아니라 3조겠지."

최가 눈에 힘을 주고 말했다.

"3조라니? 오늘은 2조 실습이 있는 날인걸."

"2조 실습은 벌써 끝났는데 무슨 소리야?"

"끝났다니, 뭐가?"

"뭐긴, 염소 해부 실습밖에 더 있어?"

"무슨 소리를 하는 거야? 염소가 오지도 않았는데 해부 실습이 끝났다니……"

그는 혹시나 싶어 해부대를 바라보았다. 해부대는 그러나 핏자국 한 점 없이 깨끗했다.

"글쎄, 끝났다니까."

"염소가 오든 말든 해야 해부 실습이 끝나든 말든 할 것 아닌가?"

그는 해부실 여기저기 흩어져 있는 학생들을 바라보았다. 박, 민, 김, 곽, 윤. 염소가 오는지 알아보기 위해 복도로 나간 뒤로 돌아오지 않고 있는 장교수와 편. 그리고 그 자신. 그는 자신이 잘못 알고 있을 리 없다고 생각하려 애썼다. 앵무새처럼 같은 말을 반복해서 하는 버릇이 있는 조교는 짜증이 날 만큼 여러 번 그에게 2조라는 걸 상기시켜주었다. 2조의 염소 해부 실습이 오늘이라는 것 역시.

그는 뭔가 착오가 있는 것이 분명하며 염소 또한 착오 때문에 오지 않고 있는 게 아닐까 의심할 수밖에 없었다.

15

"아무래도 넘칠 것 같단 말이야."

윤이 고무 다라이 앞에 쪼그리고 앉아 손을 컴퍼스처럼 벌려가며 폭을 재고, 또 쟀다. 그는 윤의 어깨 너머로 고무 다라이를 들여다보았다. 고무 다라이는 세숫대야를 세 개쯤 합친 크기였다. 그는 염소의 몸속에 설마 고무 다라이 밖으로 흘러넘칠 정도로 많은 양의 피가 흐를까 싶었고, 윤이 강박적으로 중얼거리는 소리가 거슬려서라도 어서 염소가 왔으면 싶었다.

"넘치면 큰일인데……"

아직 오지 않은, 따라서 해부대 위에 놓이지 않은, 따라서 배를 가르지도 않은 염소의 피가 흘러넘칠까봐 윤은 붉은 고무 다라이 앞을 떠나지 못했다.

김이 그를 향해 고개를 돌리더니, 거의 알아들을 수 없을 만큼 흐릿하고 늘어지는 목소리로 무슨 말인가를 중얼거렸다.

"간인 줄 알고 꺼냈는데 콩팥이면 어쩌지?"

"설마……!"

"손이 엄청 크네?"

해부대 위를 더듬는 그의 손을 바라보던 곽이 놀라운 사실을 발견한 듯 호들갑을 떨었다.

"정말 크군."

박이 맞장구를 쳤다.

해부대를 둘러싸고 모여 있는 학생들의 시선이 그의 손에 집중되었다. 그는 해부대에 무심히 걸치고 있던 자신의 손을 내려다보았다. 그는 자신의 손이 특별히 크다고 생각을 한 적이 한 번도 없었다. 그런 소리를 들어본 적이 없는데다, 오히려 남자 손치고 작은 편이라는 콤플렉스마저 있었다.

"얼마나 큰데 그래?" 김이 자신의 손을 그의 손 가까이 들이댔다. "내 손보다 크잖아."

"크군, 커."

"내 전 남자친구 손보다 크네."

민이 말했다.

"의과대학생 말이야?"

윤이 말했다.

다들 이구동성으로 크다고 말해서 그의 눈에도 자신의 손이 커 보였다. 손등이 불룩하고, 손가락들이 붕어 부레처럼 부풀어 보이는 게 기형적으로 느껴지기까지 했다.

"라텍스 장갑을 세 장 꼈더니……"

해부실에 들어와 라텍스 장갑을 나누어 낄 때 그는 세 장이나 착용했다. 혹시나 염소의 배를 메스로 가르고 뼈를 들추거나 할 때 라텍스 장갑이 찢겨 피가 흘러들면 어쩌나 염려스러워서였다. 며칠 전 그는 참치 통조림 뚜껑을 따다 엄지손가락을 베였고, 미처 아물지 않은 상처 부위로 염소 피가 스며들면 어쩌나 불안했다. 그는 어쩐지 염소 피가 더럽고 치명적인 세균에 감염되었을 뿐 아니라 불길한 기운으로 들끓을 것 같았다. 더구나 도시에서 태어나고 자란 그는 염소라는 짐승을 손으로 만져본 적도 없었다. 염소의 털 감촉이 어떨지, 염소가 어떤 냄새를 풍길지 막연히 짐작할 뿐이었다.

자신이 라텍스 장갑을 세 장이나 착용했다는 걸 의식한 뒤로 그는 손이 조이는 느낌을 받았다. 사실 아까부터 손가락이 저렸는데 라텍스 장갑 때문이라는 생각을 미처 하지 못했다. 그는 라텍스 장갑을 벗기 위해 그것의 손목 부분을 손가락으로 잡아 늘였다. 그런데 라텍스 장갑은 또다른 장갑에 밀착되어 잘 벗겨지지 않았다. 억지로 벗기려니 마취도 안

한 상태에서 생살을 벗기는 것 같은 공포감이 밀려들었다.
라텍스 장갑이 표피라도 되어 그것을 벗기면 땀샘과 혈관,
신경이 분포된 진피가 드러날 것 같았다. 라텍스 장갑 세 장
을 전부 벗기면 앙상한 뼈가 흉물스레 드러날 것 같았다.

16

해부실 문이 벌컥 열리고 편이 뛰어들어왔다. 그는 상기된
얼굴로 해부실을 둘러본 뒤 해부대로 가서 섰다.

"글쎄, 염소가 벌써 보내졌다는군!"

편이 해부대에 대고 말했다.

"벌써?"

곽이 물었다.

"그럼, 염소가 곧 오겠네?"

박이 말했다.

"그러게, 염소가 곧 오겠어."

그가 말했다.

학생들은 누가 먼저랄 것도 없이 해부대로 모여들었다.

"장교수는?"

그가 편에게 물었다.

"안 왔어?"

"어딜 간 거야?"

곽이 투덜거렸다.

김과 윤이 서로 자리를 바꾸어 섰다.

"솔직히 말하면, 나는 염소가 처음이야."

윤이 말했다.

"염소를 한 번도 본 적이 없단 말이야?"

곽이 물었다.

"염소를 볼 일이 있었어야지."

"실은 나도 염소가 처음이야. 양하고 얼룩말은 봤는데 염소는 못 봤어."

편이 말했다.

"나도 제대로 보지 못했어. 어릴 때 차를 타고 가다가 멀리서 풀을 뜯고 있는 염소를 보고 못 봤으니까."

김이 어깨를 으쓱했다.

그가 염소를 처음 본 것은 대학교 1학년 때 동아리 선후배들과 여행을 다녀온 섬에서였다. 거제도에서 배를 타고 삼십 분쯤 바다로 나가야 닿는 섬이었다. 죽순처럼 뾰족하던 섬 정상에서 흑염소들이 곡예를 하듯 노닐고 있었다. 흑염소였고 모두 세 마리였다. 불길처럼 사납게 나부끼는 풀 속으로 흑염소들이 삼켜졌다 토해졌다. 그가 흑염소들을 가까이에서 보기 위해 섬 정상으로 올라갔을 때 흑염소들은 사라지고 없었다. 사방을 둘러보았지만 납빛 하늘과 흰 물거품이 이는 바다, 주황색 지붕을 머리에 얹고 납작 엎드린 집들만 눈에 들어왔다. 그는 흑염소들이 절벽 아래 흰 물거품 속으로 뛰어내린 것이 틀림없다고 생각했다.

짐승이 스스로 목숨을 끊기도 한다는 걸 그에게 가르쳐준 사람은 어머니였다. 그가 초등학교 1학년 때 집에서 키우던 개가 있었다. 설탕이라는 이름에 걸맞게 온몸이 새하얀 털로 뒤덮인 개가 똥오줌을 못 가리자 어머니는 그 개를 아파트 베란다에 묶어놓고 키웠다. 그런데 어느 날 그가 학교에서 돌아왔더니 개가 보이지 않았다. 어머니는 여느 날처럼 그에게 간식으로 줄 샌드위치를 만들고 있었다. 샌드위치용 식빵, 딸기잼, 햄, 치즈, 오이피클이 든 유리병이 식탁에 어수선하게 널려 있었다. 개를 찾는 그에게 어머니는 말했다. 자신이 수영장에 다녀온 사이에 개가 베란다 밖으로 뛰어내렸다고. 취미로 수영을 배우러 다니는 어머니의 머리카락에서 락스 냄새가 풍겼다. 그가 살던 아파트는 십층이었다. 식빵에 딸기잼을 다 바른 어머니는 그 위에 치즈와 햄을 차례로 얹었다.

절벽 아래로 뛰어내린 줄 알았던 흑염소를 그가 다시 본 것은 이튿날이었다. 앞뒤 두 다리씩 꽁꽁 묶인 흑염소들이 육지로 보내지기 위해 여객선에 실리고 있었다.

그는 자신들이 기다리는 염소가 섬에서 보았던 흑염소들 중 한 마리일 것 같은 생각이 들었다. 그때 그 흑염소들이 육지에 있는 동물실험연구소의 해부실로 보내지기 위해 여객선에 실렸던 것이 아닐까 하는.

17

벌써 보내졌다는 염소가 오지 않고 있었지만, 학생들은 염소가 곧 올 거라고 생각했기 때문에 해부대를 둘러싸고 모여 있었다.

다들 기다리다 지쳐 염소가 오든 말든 관심 없는 것 같은 표정이었지만 속으로는 여전히 염소를 기다렸다. 염소가 오지 않으면 해부 실습을 진행할 수 없고, 리포트를 작성할 수 없었기 때문이다.

"염소가 왜 안 오는 거야?"

김이 추궁하듯 그에게 물었다. 염소가 벌써 보내졌다고 말한 사람이 편이 아니라 그이기라도 한 듯.

"염소 말이야."

곽이 따지는 눈빛으로 그를 흘겨보았다.

"염소가 벌써 보내졌다더니?"

편이 그를 다그쳤다.

"그러게……"

그는 문 쪽으로 걸어갔다. 혹시나 염소가 오는가 싶어 문을 조금 열고 복도를 내다보았다. 창이 나 있었지만, 복도는 어두침침했다. 복도를 따라 일렬로 늘어선 하늘색 철문들은 굳게 닫혀 있었다. 철문들 안에서 어떤 실험들이 행해지고 있는지 그로서는 알 수 없었다. 그는 고개를 비틀고 창 너머 플라타너스 숲을 바라보았다. 숲에서는 누렇게 시들고 젖은 플라타너스 잎들이 떨어지고 있었다. 한순간 잎들이 햄스터들로 보였다. 엘리베이터에서 그는 고무통 속에 버려진 햄스터들을 보았다. 의대생들의 자궁 적출 실습에 교재로 쓰이고 버려진 햄스터들이 마취에서 깨어나 신음하고 있었다.

그는 미간이 접히도록 눈 초점을 모으고 복도 끝을 응시했다. 십 초쯤 뚫어져라 응시하자 소실점 같은 복도 끝에 염소가 서 있는 듯한 착시가 일어났다. 섬에서 보았던 흑염소들 중 한 마리가.

"저기 염소가 오는군!"

해부대를 지키고 서 있거나, 그 주위를 어슬렁거리던 다른 학생들이 그 소리를 듣고 웅성거렸다.

"염소가 온대."

"마침내 염소가 오는군."

그는 눈에 더 힘을 주고 복도 끝을 노려보았다. 눈꺼풀에 경련이 일도록 노려보았지만 염소는 복도 끝에 못처럼 박혀 꿈쩍도 하지 않았다.

18

염소가 아니었다고, 소실점을 염소로 착각했다고 말하려는데, 박이 흥분한 목소리로 물었다.

"심장을 꺼내기에는 조금 낮은 것 같지 않아?"

"그러게. 간을 꺼내기에는 조금 높고."

최가 난감해했다.

그는 박과 최가 왜 그렇게 말하는지 의아했다. 심장과 간은 어차피 한 뱃속에 들어 있을 것이었다. 심장을 꺼내기에는 조금 낮고, 간을 꺼내기에는 조금 높다는 말은 그러므로 너무도 이상한 말이었다. 염소의 뱃속이 저수지처럼 깊고 넓다면 모를까.

그는 염소가 해부대 위에 사지를 벌리고 누워 있는 광경을 상상해보았다. 염소의 뱃속에서 심장을 꺼내기에 해부대가 높은 편인지, 낮은 편인지 좀처럼 가늠이 되지 않았다. 자신들이 해부실에 도착했을 때보다 해부대가 높아져 있는 듯도 했다. 그래봤자 그의 골반 높이였지만 염소를 어떻게 그 위까지 올리나 걱정스러울 만큼 높아 보였다. 염소의 뱃속을 들여다볼 수 없을 만큼 높아 장님처럼 손으로 더듬더듬 더듬어 심장을, 간을 꺼내야 하는 게 아닌가 우려될 만큼.

19

"그나저나 심장은 누가 꺼내지?"

곽이 그를 쳐다보고 말해서, 그는 자신이 심장을 꺼내야만할 것 같은 압박감을 느꼈다.

"그럼 췌장은 내가!"

박이 말했다.

"폐는 내가!"

편이 말했다.

"심장 말이야."

곽이 짜증을 냈다.

"콩팥도 내가 꺼내야 하나?"

편이 투덜거렸다.

그는 염소는 물론 척추동물의 뱃속에 공평하게 들어 있는 장기들을 일일이 외우듯 중얼거려보았다. 심장, 간, 위, 콩팥, 췌장, 십이지장, 대장, 직장……

"쓸개가 어디 붙었더라?"

그가 물었다.

"심장 밑에 있잖아."

편이 말했다.

"심장 밑에 있는 것은 허파 아니야?"

박이 고개를 갸웃거렸다.

"간 옆에 있는 것은 십이지장이고."

최가 말했다.

"직장 밑에는 위胃……"

윤이 졸음기가 묻어나는 목소리로 잠꼬대를 하듯 중얼거렸다.

"밑이 아니라 위上겠지."

그가 말했지만 윤은 무시하고 계속 중얼거렸다..

"위胃 밑에는 혀가, 혀 밑에는 심장이……"

윤이 중얼거리는 소리를 듣고 있으려니 끔찍했다. 해부 실습을 위해 하나하나 꺼내졌던 장기들이, 실습이 끝난 뒤 도로 아무렇게나 염소의 뱃속에 넣어진 것 같았다. 잘못 맞추어진 퍼즐 조각들처럼 장기들이 순서 없이 뒤엉켜 있는 것만. 심장 밑에는 식도가, 간 옆에는 십이지장이, 직장 밑에는 위가, 위 밑에는 혀가……

염소의 뱃속이 조금도 궁금하지 않던 그는, 당장이라도 염소를 해부대 위에 올리고 지퍼를 내리듯 배를 가른 뒤 뱃속을 들여다보고 싶었다.

"심장은 누가 꺼낼 거냐니까."

곽이 그를 빤히 쳐다보고 말했다.

"그럼 심장은 내가……"

그는 마지못해 중얼거렸다.

20

심장을 꺼낼 생각에 긴장해서인지, 피가 통하지 않아서인지 손가락들이 끊어질 듯 조여왔다. 이유는 모르겠지만 심장을 꺼내느니 차라리 허파를 꺼내는 편이 수월할 것 같았다.

그는 손가락들을 구부려보려 했지만 마비가 와 아주 조금밖에 구부려지지 않았다.

"저기 그런데 심장을 떨어뜨리면 어쩌지?"

그때 문이 열리고 닫히는 소리가 연속해서 들리더니 다급하게 복도를 뛰어가는 발소리가 들렸다.

"아무래도 머리를 저쪽으로 향하게 해야겠지?"

곽이 말했다.

"저쪽이 아니라?"

김이 말했다.

"저쪽으로 향하는 게 아무래도 낫지 않겠어?"

곽이 고집을 부렸다.

"저쪽보다는, 저쪽으로 향하는 게 좀더 나을 거야."

김도 고집을 부렸다.

그는 혼란스러웠다. 박이 말하는 저쪽과 곽이 말하는 저쪽이 다 같은 저쪽 같았기 때문이다.

"네 생각에는 머리가 어느 쪽을 향하는 게 나을 것 같아?"

"머리……?"

그는 당황스러웠다. 오자마자 해부대 위에 놓일 염소의 머리가 어느 쪽을 향하는 게 나을지 그는 전혀 생각해보지 않았다.

그는 염소의 머리가 어느 쪽을 향하는 게 좋을지는 해부대 위에 올라가보아야 알 것 같았다. 그 위에 올라가 사지를 벌리고 누워보아야만.

그는 해부대를 바라보았다. 그 위에 올라가 눕는 것은 별로 어려운 일이 아니었다. 해부대라는 것이 믿기지 않을 정도로 깨끗했지만 그는 그 위에 올라가 눕는 것이 꺼려졌다. 어쨌든 그것은 해부대였고, 그 위에는 염소가 놓일 것이었다.

21

그가 문득 고개를 들었을 때, 해부대 앞에는 그 혼자 서 있었다. 놀란 그는 다급히 해부실을 둘러보았다. 순간적으로 해부실에 혼자 남겨진 것 같은 착각이 들어서였다. 다들 해부대에서 가능한 한 멀찍이 떨어져 있었다. 해부대를 독차지하려는 듯 그 앞에 꼭 붙어 서 있던 박도 멀찍이 떨어져 있었다.

그는 새삼스레 해부대를 응시했다. 스테인리스 재질의 해부대에 떠올라 어른거리는 형상에 시선을 고정했다. 흐릿하고 뭉개진 형상이 해부대에 비친 자신의 얼굴이라는 걸 깨닫고 그는 흠칫 어깨를 떨었다. 눈 코 입이 뭉개져 우스꽝스럽고 기이한 형상이 염소의 형상과 무척이나 닮아 있어서였다.

"염소가 안 오네?"

22

곽이 그를 쳐다보았다.

"오고 있어……"

그는 눈을 내리뜨고 자신 없는 목소리로 중얼거렸다.

"염소가 오긴 오는 거야?"

최가 그를 흘겨보았다.

"오고 있다니까……"

그는 말끝을 얼버무렸다.

그는 다른 학생들의 따가운 눈총을 받으며 문 쪽으로 걸어갔다. 빼꼼 연 문틈으로 얼굴을 내밀고 복도 끝을 응시했다. 역시나 염소가 서 있는 것 같았다. 섬에서 보았던 흑염소들 중 한 마리가.

그는 문을 조금 더 열고 복도로 나갔다. 철문들을 지나 복도 끝까지 걸어갔다. 꿈쩍도 않는 염소를 질질 끌고서라도 해부실로 데려오기 위해.

23

"아무래도 고무 다라이 밖으로 피가 흘러넘칠 것 같단 말이야."

윤이 투덜거리는 소리를 듣고서야 그는 자신이 해부대 위에 사지를 벌리고 누워 있다는 사실을 깨달았다.

해부대를 둘러싸고 선 학생들의 얼굴이 그의 눈에 들어왔다.

해부대 위에 누워 있어서인지 그는 자신이 염소가 된 것 같았다. 진즉에 보내졌지만, 아직 해부실에 오지 않은 염소가.

해부대는 위에서 내려다볼 때와 다르게 아늑했다. 요람처럼 아늑했지만 마냥 해부대 위에 누워 있을 수는 없었다. 언제 올지 모르지만 해부대 위에는 염소가 놓일 것이었다.

그가 그만 해부대에서 내려가기 위해 몸을 일으키려는데, 민이 애매한 표정을 지었다.

"염소 해부 실습의 목적을 뭐라고 써야 하지?"

그렇지, 모든 해부 실습에는 목적이 있기 마련이지……
그는 도로 해부대에 누우며 속으로 중얼거렸다.

"그거야 생명의 존엄성을 깨닫는 거라고 쓰면 되지."

김이 말했다.

"그런데 이상하지 않아?"

민이 목소리를 가다듬고 진지하게 말했다.

"뭐가?"

윤이 물었다.

"개구리나 쥐, 염소의 몸을 가지고 인간의 몸을 이해한다
는 사실이 말이야."

"그렇게 따지면 죽은 인간의 몸을 가지고 살아 있는 인간
의 몸을 이해하는 게 더 이상하지."

김이 말했다.

"쥐 해부 실습 때 내가 분명히 깨달은 게 있는데 그게 뭐냐
하면, 쥐하고 인간하고 다를 게 없다는 거야."

"쥐도 인간이 가진 모든 장기를 다 가지고 있으니까."

윤이 말했다.

"염소도."

편이 말했다.

"그렇지, 염소도."

윤이 말했다.

"간은 누가 꺼낸다고 했지?"

곽이 물었다.

"내가!"

박이 라텍스 장갑을 낀 손을 들어 보였다.

"심장은?"

그때 복도에서 또다시 수레 끄는 소리가 들려왔다. 새파랗게 질려 다른 학생들 사이에 오가는 이야기를 잠자코 듣고 있던 그의 얼굴에 안도의 화색이 돌았다.

"염소가 오나봐……!"

그는 자신이 염소 대신 해부대 위에 사지를 벌리고 누워 있다는 사실을 그만 까맣게 망각하고 그렇게 중얼거렸다.

자라

오늘로 닷새째다.

구름이 걷히고 태양이 나는지 오륙십 미터이던 시정視程이 반경 백 미터까지 확장된다. 오광저수지 수심은 가장 깊은 곳이 팔 미터 정도로 십 미터가 채 안 된다.

수심 육 미터 지점에서 나사가 헛돌듯 상승과 하강을 지루하게 반복하던 그는 흠칫 놀란다.

……자라다.

오광저수지가 한때 자라 농장이었다는 사실을 알고 있어서일까. 한때 자라가, 그것도 식용 자라가 우글거렸을 상상을 하니 오싹 소름이 끼친다.

지난 나흘 동안 그는 못해도 이십여 마리의 자라를 목격했다. 하루 평균 다섯 마리씩 목격한 것이다. 자라는 흔히 저수지에 서식한다. 어디 자라뿐인가. 붕어, 잉어, 동자개, 줄장지뱀…… 창세기 속 물처럼 오광저수지에는 온갖 생물이 번성해 우글거린다.

그가 머뭇거리는 사이에 자라가 사라지고 없다.

그는 조금이라도 더 밝은 곳으로 헤엄쳐가기 위해 오리발 신은 발을 내젓는다. 언제부터인가 그는 오광저수지에 들면 조금이라도 더 밝은 곳으로 나아가려 애쓴다. 이만 평에 달하는 오광저수지는 북쪽과 서쪽, 남쪽이 산으로 둘러싸여 곳에 따라 물의 명암과 질감이 천차만별이다. 서쪽, 트고 갈라진 발뒤꿈치처럼 거친 절벽 아래에 고인 물이 가장 어둡고 끈적거린다.

깊은 정적이 감돌아 광물 덩어리 같은 오광저수지 물은 전체적으로 담즙색이다. 돌아가실 즈음 황달이 심해져 아버지의 몸에 무섭게 차오르던 담즙처럼 탁한 감청색에 황색이 감돈다.

그는 오광저수지 저편 어딘가에 자신의 아버지가 담즙을 빼내는 데 쓰던 호스를 달고 누워 있는 것 같은 착각마저 든다.

물결이 거의 일지 않는 수면 바로 아래까지 유유히 상승한 그는 머리만 수중 봉돌처럼 수면 위로 내놓고 하늘을 올려다본다. 하늘은 하나의 거대한 눈동자다. 그리고 그 눈동자는 오광저수지를 잠잠히 응시하고 있다.

산비둘기처럼 생긴 새가 그의 시계 안으로 조용히 날아든다.

새는 검은 돌덩어리 같은 그림자를 끌고 오광저수지를 가로지르며 한없이 느리게 날아간다. 그의 눈에는 새가 오광저수지 끝에서 끝까지 돌덩어리를 나르고 날라야 하는 영원한 형벌에 갇힌 것 같다. 시시포스였던가. 제우스를 속인 죄로 바위를 산 위로 밀어올리는 고행을 영원히 되풀이해야 하는 형벌에 처해진 신화의 주인공이.

인간이 아닌 새나 물고기, 개 같은 짐승들도 벌을 받을까? 죄와 벌의 원리가 짐승들에게도 고스란히 적용될까?

수면 아래로 도로 가라앉으며 그는 스스로에게 묻는다.

오광저수지가 한때 자라 농장이었다는 걸 그는 매형에게 들어서 알았다. 배나무식당 여자와 그를 연결해준 이도 그다. 그들 둘이 어떻게 알게 된 사이인지는 뻔했다. 매형은 보양식이라면 환장하는 인간이다. 매형 말에 의하면, 처남이 잠수사라고 지나가듯 한 말을 여자가 용케 기억하고 있다가 매형이 근무하는 학교로 연락을 해왔다고 했다.

"처남 휴대전화 번호를 그 여자한테 알려주었으니까, 오늘

안으로 연락이 갈 거야."

매형은 자신이 할 말만 하고는 수업이 있다며 급하게 통화를 끝냈다.

소주에 탄 자라 피에 자라 알과 꿀을 곁들여 먹는다던가. 초등학교 교사인 매형이 자라의 생피를 먹고 아이들에게 국어와 산수를 가르쳤을 걸 생각하자 끔찍하다. 출석부에 적힌 아이들의 이름을 부르는 매형의 입에서 자라의 비릿한 피냄새가 풍기지 않았을까.

매형 때문에 누나가 얼마나 속을 끓이고 살았는지 그는 잘 알았다.

"마누라가 자궁 들어내고 병원 침대에 드러누워 있는데도 줄포만으로 풍천장어 먹으러 간 인간이다. 그 인간이……!"

혀를 내두르는 누나에게 그는 쏘아붙였었다.

"깨끗이 갈라서지 그런 인간하고 왜 붙어살아요?"

"누구 좋으라고 이혼을 하니? 연금 때문에라도 나는 절대 이혼 안 한다."

혹시나 매형이 자신보다 일찍 죽을 경우, 삼십 년 넘게 법적 배우자로 살아온 자신이 받게 될 연금 수령액을 누나는 꿰고 있었다.

열 살 터울인 매형은 그에게 수수께끼 같은 인간이다. 그는 초등학교 평교사로 만족했다. 동료 교사들이 빠른 승진을 위해 섬이나 산골 오지 학교로 자진해 전근을 갈 때, 그는 그들의 출세욕을 비웃었다. 그는 자신의 말마따나 철저하게 식욕과 성욕, 그 두 욕망에만 충실한 인간이었다. 누나 말에 따르면 그는 학부모들에게 노골적으로 촌지를 요구하면서도, 일확천금을 노리는 주식 투자나 투기는 모르는 인간이다. 입만 열면 음담패설이지만 생전 남 헐뜯는 소리는 할 줄 모르는 인간이다.

배나무식당 여자에게 전화가 걸려온 것은 매형과 통화한 지 사흘이나 지나서였다. 여자에게 사정 이야기를 들은 그는 두말없이 거절했다. 근 일 년 일거리가 없어 백수처럼 빈둥거렸지만 내키지 않았다. 야멸치게 거절하는 그를 여자는 경상도 억양이 느껴지는 어눌한 목소리로 끈덕지게 물고 늘어졌다. 마지못해 주소를 묻는 그에게 여자는 오광저수지 위치를 알려주었다.

그의 왜건에 장착된 내비게이션은 오광저수지를 탐색하는데 번번이 실패했다. 그는 하는 수 없이 여자가 떠듬떠듬 일러준 대로 오광저수지를 찾아갔다. 그가 도착했을 때 오광저수지는 햇살을 받아 갈치 씻은 물처럼 반짝반짝 빛났다.

그가 오광저수지를 수색한 지는 닷새째지만, 여자의 아들이 사라진 지는 이십구 일째다. 잠수사를 동원해 수중 수색을 진행한 경찰은 가출로 사건을 마무리지었지만, 여자는 여전히 아들이 오광저수지에 있다고 믿었다.

벌써 한 달 전인 그날 저녁, 아들이 모터보트를 타고 오광저수지로 나가는 것을 여자는 똑똑히 보았다고 했다. 그날이 마침 초복이라 군청 공무원이 여덟 명이나 몰려와 옻백숙과 옻순 샤부샤부를 먹었다고 했다. 군청 건축과 남계장이 단골인데 옻순이라면 환장한다며 여자는 피식 웃었다. 토종닭 세 마리와 옻나무 가지를 넣은 압력솥의 신호추가 요란하게 울릴 때, 아들이 모터보트를 타고 오광저수지로 나갔다고 했다. 여자의 아들은 그렇게 종종 모터보트를 타고 오광저수지로 나가 한두 시간 떠돌다 돌아왔다고 했다. 그런데 그날은 밤 열시가 넘어 공무원들이 돌아간 뒤에도 돌아오지 않았다고. 날이 밝았을 때 빈 모터보트만 오광저수지 한가운데 떠 있었다고.

"우리 아들이 저수지 물을 무서워해요……"

"……?"

"자라 때문에…… 여섯 살 때 자라한테 손가락을 물린 적이 있거든요. 오른손 엄지손가락을…… 자라가 제 엄지손가락을 먹어버려서 오른손 손가락이 네 개라고 믿었으니까요.

다섯 개 다 달려 있다고 아무리 일러주어도 네 개라고······"

또······ 자라다.

아까 그 자라인지, 다른 자라인지 그로서는 알 수 없다.

의뭉스럽게 자신을 응시할 뿐인 자라가 그는 사납고 공격적으로 느껴진다. 금방이라도 폐비닐을 찢듯 물을 찢고 자신에게 덤벼들 것 같다.

그러나 자라라는 놈은 물 밖 육지에서는 움직이는 그림자에도 민감하게 반응하지만 물속에서는 한없이 온순하다. 자기방어적 본능이 물 밖에서만 작동하는 것이다.

자라가 아니어도, 수심 십 미터도 안 되는 저수지 물이 그는 꺼림칙하고 무섭다. 오싹한 귀기가 느껴지는 게······ 오래 고여 있는 물에는 귀기가 흐르기 마련이다.

잠수사 일을 시작한 뒤로 그가 가장 깊이 내려간 지점은 수심 오십 미터였다. 그곳은 빛이 사라지고 없었다. 어둠이 얼마나 짙은지 랜턴 불빛도 삼켜버려 시정이 반경 일 미터밖에 안 되었다. 그러나 그가 가장 공포를 느끼는 지점은 수심 오십 미터가 아니라 수심 십 미터다. 수심 십 미터 지점에 이르면 그는 순간적으로 긴장한다. 자신이 '안정 정지'를 무시한 채 급히 상승을 시도할까봐서다. 상승할 때 수심 오 미터

내외에서 최소 삼 분 정도 정지해 몸속 공기를 배출해야 하는 기본 수칙을 잊어버리고는. 가장 큰 압력의 변화를 보이는 구간은 수심 십 미터에서 수면까지의 구간이다.

수심 일백 미터에서는 좌우 구분이 안 되고 유리병도 쪼그라뜨리는 압력을 느낀다던가. 그리고 수심 일만 미터에는 눈이 내린다던가. 황홀하게 쏟아지는 눈송이들이 실은 생물체의 배설물이나 사체 등 유기물이 자디잘게 분해된 조각이라고 했다. 그러나 더 깊이 내려가보고 싶은 욕망 따위, 그에게는 애초부터 없었다.

그는 여자의 아들이 저수지 어디에도 없다고 확신하면서도, 여자의 아들과 물속에서 숨바꼭질이라도 하는 기분이다. 그렇다면 그 숨바꼭질이 끝나지 않기를 그는 바라고 바란다. 고인 물속에서 죽은 사람과 홀로 대면해야 하는 업보를 더는 반복하고 싶지 않다.

유유히 멀어지는 자라를 바라보며 그는 일당을 더 세게 부를 걸 그랬나, 후회한다. 잠수사들이 인양 작업을 할 때 받는 일당의 절반도 안 되는 일당을 받고 일하려니 억울하다. 그는 잠수사 자격증 없이 잠수 일을 하고 있다. 면허증을 소지하지 못한 탓에 일거리가 고정적이지 못하다. 이 년 전까지 그는 세종수중개발과 계약을 맺고 일을 했다. 이 년 전 하구둑 누수공사를 따낸 세종수중개발에서 그를 포함해 여섯 명의 잠수사를 수중 작업에 투입했다. 그런데 둑에 세운 수문들 중 누수되는 곳을 찾아내 물막이 작업을 하는 과정에서, 잠수사 하나가 변을 당하는 사고가 발생했다. 하필이면 그 잠수사가 산업잠수사 자격증 미소지자로 밝혀지면서 문제가 커졌다. 그러잖아도 무면허 잠수사들을 부담스러워하던 세종수중개발에서는 그 기회에 무면허 잠수사들을 일방적으로 해고했다. 변을 당한 잠수사는 그가 친형처럼 따르던 이였다. 무면허 잠수사였던 탓에 그의 가족은 하루아침에 가장을 잃고도 보상 한푼 받지 못했다.

그 역시 무면허지만, 잠수사 경력은 이십 년이나 된다.

*

배나무식당 가장 구석진 테이블에 그의 저녁이 차려져 있다. 여자는 계산대 앞 테이블에서 옻순을 손질하고 있다. 옻을 타는 그는 옻순을 보기만 해도 근질근질하다. 탁자로 가자리를 잡고 앉으며 그는 여자에게 묻는다.

"아줌마 말고 목격한 사람이 또 있어요?"

"뭘요……?"

여자가 고개를 들어 그를 쳐다본다. TV 화면이 발산하는 빛을 받아 여자의 얼굴은 파르스레하다.

"아줌마 아들이 모터보트 타고 저수지로 나가는 걸, 아줌마 말고 또 본 사람이 있냐고요."

오광저수지를 백날 뒤져도 여자의 아들을 찾지 못하리라는 의심을 오늘 처음 한 게 아니다. 이곳에 온 첫날 입수와 동시에 그런 의심이 확신처럼 들었다.

"아들보고 쇠젓가락으로 찌르라고 했어요."

"뭘……?"

"자라가 또 손을 물면……"

또 자라 이야기다. 한때 자라 농장을 해서인지 여자는 아들 이야기 아니면 자라 이야기다.

그는 식당 한쪽 벽면에 걸린 메뉴판을 살핀다. 한때 자라요리를 전문으로 하는 식당이었다는 것을 증명하듯 자라요리 메뉴가 적혀 있다. 자라찜, 자라탕, 자라전골, 자라편육, 자라 내장요리, 자라만두. 자라고기로 만두까지 빚어먹는다는 걸 그는 메뉴판을 보고야 알았다.

탁자에 차려진 반찬들은 하나같이 시뻘겋다. 제육볶음, 멸치고추장볶음, 총각무김치. 깻잎도 간장이 아니라 고추장에

재 뻘겋다. 여자가 자라 이야기를 해서인지 자라 피로 버무린 것 같다.

제육볶음을 숟가락으로 떠 밥공기로 가져가던 그는 여자에게 묻는다.

"몇 마리나 키웠어요?"

"……뭘요?"

"자라 말이에요."

"이만 마리는……"

"이만 마리나요?"

자라 이만 마리가 저수지에서 우글거렸을 것을 상상하자 징그럽다는 생각이 가장 먼저 든다.

"나중에는 삼만 마리까지 불어났었으니까…… 밤이 되면 하나둘 올라오거든요……"

"뭐가 올라와요?"

"자라들이요……"

자라가 야행성이라는 것쯤은 그도 알고 있다.

"처음에는 사람 얼굴인 줄 알았지 뭐예요……"

"……?"

"뭔가가 쑥 올라오는데 사람 얼굴하고 똑같아서 기겁했다니까요. 자라인 줄 모르고……"

여자가 옻순을 한 움큼 손에 꼭 움켜잡고 어깨를 떤다.

"자라들이 올라오기 시작하면 아주 장관이에요……"

비곗덩어리를 씹던 그는 문득 자라 살점은 어떤 맛일지 궁금하다. 어쩐지 노린내가 심하게 나고, 고무처럼 질길 것 같다.

밤 아홉시경 방에 들자마자 그는 보라색 극세사 이불 속으로 파고든다. 저수지 특유의 꿉꿉하고 비릿한 냄새는 극세사 이불에도 찌들어 있다. 오광저수지가 워낙 외진 곳에 있어서 차를 몰고 이십 분쯤 나가야 묵을 만한 모텔이 있다. 며칠이 될지 모르는 수색 작업을 벌이는 동안 묵을 곳이 마땅치 않아 곤란해하는 그에게 여자는 식당에 딸린 방을 선뜻 내주었다. 손님을 받기 위해 들인 방인 듯 벽에는 자라요리 메뉴판과 자라의 효능에 대해 주절주절 적은 종이들이 덕지덕지 붙어 있다. 종이들에 적힌 내용에 따르면, 자라는 남녀노소를 불문하고 만병통치약이다.

……공깃돌 같은 어금니들이 자라 살점을 집요하게 씹는 것 같은 소리가 머리맡에서 들려온다. 그의 머리맡에 사내들이 한 무더기 모여앉아 자라를 뜯어먹고 있다. 조문객들처럼

검은 양복을 차려입은 사내들 속에는 매형도 있다.

가위에 눌려 옴짝달싹 못하는 그를 깨운 것은 오줌 누는 소리다. 벽 너머는 화장실이다. 변기에 오줌 줄기 떨어지는 소리가 너무나 적나라해 그는 극세사 이불을 정수리까지 끌어당겨 덮는다.

*

배나무식당 마당 빨랫줄에 널린 잠수복을 바라보는 그의 얼굴이 일그러진다. 까만 잠수복이 육신 같아서. 영혼이 날아가고 거푸집 같은 거죽만 덩그러니 남은 전생의 육신만. 그렇다면 겨드랑이 쪽 지퍼는 영혼이 날아갈 때 생긴 찢긴 자국일 것이다. 언제부터인가 그는 잠수복을 입을 때마다 전생의 육신을 도로 입는 기분이다.

그는 담배를 한 대 천천히 피우고 빨랫줄에서 잠수복을 끌어내린다. 잠수 일을 쉬는 동안 체중이 육 킬로그램이나 불어 잠수복을 입는 것이 힘에 부친다.

그가 잠수복을 입는 동안 오광저수지 물빛은 감청색에서 짙은 갈색으로 변한다. 태양의 위치와 구름양에 따라 오광저수지 물빛은 미묘하게 달라지며 허물을 벗고 있는 거대한 구렁이로 변한다.

그는 공기통, 부력 조절기, 오리발, 랜턴 등을 챙겨 모터보트에 오른다. 이만여 평의 땅에 고여 있는 물을 두 쪽으로 가르며 한가운데까지 나아간다. 모터보트 엔진 소리가 깊이 잠든 오광저수지를 흔들어 깨운다.

언제 나왔는지 여자가 치맛자락을 펄럭펄럭 날리며 배나무식당 마당에 서 있다. 멀리서 보니 배나무식당은 영락없이 납작 엎드린 자라 형상이다. 여자의 팔이 들리더니 그를 향해 가만가만 손짓을 한다. 여자가 혹시나 자신을 아들로 착각하는 것은 아닌가 싶어 외면하듯 고개를 돌리는 그의 눈에 새가 들어온다. 그 새다. 오광저수지 끝에서 끝으로 돌덩어리를 나르고 날라야 하는 영원한 형벌에 갇힌 새.

입수하자마자 그는 요의를 느낀다. 침수 이뇨 증상이다. 입수 전 오줌 누는 것을 깜박했다.

그는 요의를 참고 수심 오 미터 지점까지 내려간다.

오광저수지 물은 전날보다 더 끈적거린다. 물이 아니라 점액질의 물질 같다.

혼탁하게 떠도는 부유물 때문에 시정이 반경 사 미터밖에 안 된다. 처음 사체를 인양한 저수지도 그랬다. 수온이 올라

녹조가 끼고 부유물이 늘어 한 치 앞도 분간이 안 되던 물속에서 그는 사체를 찾았다. 그리고 그 대가로 받은 돈으로 아내는 기형아 검사를 받았다. 양수를 뽑아 실시한다는 검사는 의료보험 적용이 안 돼 고가였다. 검사 결과 아이는 다운증후군이 다분히 의심되는 것으로 나왔다. 아이를 지우고 싶어하는 그와 다르게 아내는 아이를 낳겠다고 고집을 부렸다. 친정 식구들을 비롯해, 그녀가 다니는 교회 사모조차 아이를 지우라고 권유하는데도 아내는 고집을 꺾지 않았다. 간혹 높은 기형아 확률에도 불구하고 지극히 정상적인 아이를 출산하는 경우가 종종 있다며 오히려 그를 설득하려 들었다. 아내가 바라는 기적은 일어나지 않았다.

"그러게 지우지 않을 거면 낳지 말고 평생 뱃속에 품고 살라고 했잖아."

부기가 심해 눈조차 뜨지 못하던 아내에게 그는 기어이 원망을 퍼부었다. 잠수사라는 직업 특성상 그가 외지로 떠도는 동안 혼자 아들을 감당해온 아내는 아들이 열다섯 살 되던 해 그에게 이혼을 요구해왔다. 집요하고 끈질긴 요구로부터 그는 내내 도망치고 있었다.

오광저수지 물이 그는 양수 같기도 하다. 아들을 가졌을 때 아내의 자궁에 고여 있었을. 그래서인지 여자의 아들이 아니라, 태어나지 않은 자신의 아들을 찾아 팔 미터 아래 바닥까지 샅샅이 훑고 다니는 기분이다.

느린 듯 집요한 움직임이 몹시 가까이에서 감지된다. 잉어는 아니다.

또 자라다……

날이 더워지면서 자라가 무섭게 불고 있는 게 틀림없다.

자라가 나선형을 그리며 그에게서 돌아선다.

수초 숲으로 숨어들려는 자라를 향해 그는 반사적으로 팔을 내두른다. 올가미처럼 악착스럽게 뻗치는 그의 손에 자라가 걸려든다. 그는 오른팔로 자라를 끌어안고 배나무식당 맞은편 절벽 아래까지 헤엄쳐간다. 절벽 아래 엉덩이처럼 볼록 튀어나온 바위 위로 기어올라간다. 자라를 내팽개치고 공기통을 벗는다. 수경과 호흡기도 벗어던지고 바위 위에 널브러져 격한 숨을 토한다.

정신을 차렸을 때 자라는 어디로 가버리고 없다. 오리발을 신은 그의 발치에 부려져 있는 것은 자라가 아니라 뜯긴 수초 뭉치다.

환영이었나? 자신이 자라를 놓친 것인지, 수초 뭉치를 자라로 착각한 것인지 혼란스럽다.

수초 뭉치를 집어 저수지로 거칠게 던지며 그는 다시금 확신한다. 오광저수지 어디에도 여자의 아들이 없다고.

*

시커먼 뚝배기 속 닭은 허공을 향해 사지를 벌리고 있다. 뱃속 그득 찰기가 흐르는 밥알들과 은행, 밤, 대추를 품고서. 구리 동전 같은 기름이 떠다니는 갈색 국물을 숟가락으로 떠 입으로 가져가다가 뚝배기 속에 도로 부어버린다. TV 앞에 목을 빼고 앉아 있는 여자에게 소리친다.

"옻 탄다니까요."

그가 온 첫날부터 여자는 그에게 옻닭을 못 먹여 안달했다.

"옻 안 넣었어요."

여자가 시치미를 뗀다.

"옻냄새가 나는데도 안 넣었다는 거예요?"

"그게 옻냄새가 아니라 황기 냄새예요…… 얼려둔 토종닭이 있어서 황기하고 대추하고 마늘 한 주먹 넣고 푹 삶았어요. 기력이 달리는 것 같아서……"

여편네처럼 구는 여자가 징그러워 그는 더 묻지 않는다. 종지 속 덩어리진 소금을 숟가락으로 떠 국물 속에 넣고 휘

휘 저어준다.

"우리 아들도 옻을 타는데……"

여자가 중얼거리는 소리를 무시하고 그는 손으로 닭의 다리를 뜯어 입으로 가져간다. 냉동실에서 오래 묵었는지 살이 고무처럼 질기다.

"혹시 아줌마가 착각한 거 아니에요?"

"착각……이요?"

"아줌마 아들이 저수지에 빠지는 걸 아줌마가 두 눈으로 똑똑히 본 것도 아니잖아요."

"……봤어요."

"봤어요?"

"봤어요……"

"봤다고 말 안 했잖아요."

"……남계장도 봤는걸요."

"남계장이요?"

"군청 건축과 남계장도…… 하여간 남계장 그 인간이…… 화장실을 두고 오줌을 꼭 밖에서 싸거든요. 영역 표시하고 다니는 수캐처럼 여기저기 싸지르고 다닌다니까요…… 내가 들마루에 앉아 한숨 돌리고 있는데, 남계장 그 인간이 구두를 질질 끌면서 걸어나오지 뭐예요. 술이 취해 내가 지켜보고 있

는 것도 모르고 바지 지퍼를 내리더니…… 아무튼 남계장 그
인간도 봤어요……"

　그러나 해가 떨어지면 오광저수지는 먹물 같은 어둠에 잠
긴다. 불빛이라고는 배나무식당 간판 불빛뿐이다. 단무지처
럼 노란 간판 불빛은 이만 평에 달하는 오광저수지를 비추기
에는 너무도 미약하다.

　"오늘도 못 찾으면 철수할 거니까, 그런 줄 알아요."

　"철수요……?"

　"오늘도 아줌마 아들 못 찾으면 접겠다고요. 그나저나 자
라 농장은 왜 접은 거예요?"

　"……"

　"자라 농장 말이에요. 삼만 마리까지 자라가 불어났었다면
서요."

　"그게…… 사람이 빠졌거든요."

　"사람이 빠져요?"

　"그게 벌써 십 년 전 장마 때……"

　"그래서, 죽었어요?"

　조롱기가 사라진 그의 얼굴빛이 댕댕하다.

　"낚시꾼들이 건지기는 했는데…… 사람이 빠졌다는 소문
이 도니까, 아무도 자라요리를 먹으러 오지 않더라고요……"

"그래서 죽었냐니까요?"

"자라요리라면 환장을 하던 인간들도 소문을 듣고는……"

"죽었어요?"

"인간들도 참 이상하지, 사람 하나 안 빠져 죽은 저수지가 어디 있다고……"

인간이라고 말할 때와 사람이라고 말할 때 목소리 톤이 미묘하게 달라져서, 그는 '인간'과 '사람'이 다른 종 같다.

"누가 빠졌는데요?"

"……저녁 여덟시나 됐을까? 여기 앉아 만두를 빚고 있는데 술 취한 낚시꾼이 불쑥 뛰어들어오더니 저수지에 사람이 빠졌다고 일러주고 가지 뭐예요. 잘게 채 썬 부추하고, 으깬 두부하고, 다진 자라고기를 섞어 버무린 소로 만두를 빚고 있는데…… 자라고기는 못 먹어도 자라고기 만두는 먹는 이상한 인간들이 있거든요. 자라고기를 한 점이라도 먹어본 인간들은 알겠지만 자라고기가 소고기보다 달아요. 자라가 보통 두세 근은 나가서, 한 마리 잡으면 만두 오십 개는 충분히…… 만두 빚다 말고 뛰어나갔는데 안개 때문에 보여야 말이지요. 가끔 식당에 들어와 술주정하는 낚시꾼들이 더러 있어서 그런 줄 알았지 뭐예요…… 그래서 너무 늦게…… 보름 지나고 나서야 건졌으니까……"

"누가 빠졌는데요?"

"안개가 아니어도 어디 사람 빠진 흔적이 남나요? 흔적까지 삼켜버리는 게 물이니까……"

여자는 교묘하게 느껴질 정도로 그의 질문에 대한 대답을 회피한다.

"근데 아줌마, 인간하고 사람하고 뭐가 달라요?"

"……네?"

"인간하고 사람하고 뭐가 다르냐고요!"

질문의 뜻을 이해 못한 듯 고개를 갸웃거리던 여자의 얼굴이 묘하게 일그러지며 사색이 된다.

"그러게요……"

점심을 먹고 입수한 지 십 분 만에 그는 도로 모터보트로 기어올라온다. 겨드랑이와 항문이 근질근질하고 얼굴이 발화 직전의 성냥처럼 화끈거린다. 좁쌀처럼 작고 오톨도톨한 것이 목에서 만져진다. 옻 두드러기다.

"글쎄, 옻 안 넣었어요……"

여자는 딱 잡아뗀다.

"아줌마, 나보고 그 말을 믿으란 거예요?"

"황기하고 대추하고 마늘만……"

그와 시선을 마주치지 않으려 여자는 눈동자 초점을 흩뜨
려버린다.

"아줌마!"

"읍내에서 삼십 년 넘게 한의원을 한 한의사가 그러는데,
옻 한차례 타고 나면 몸안에 쌓인 독성이 다 빠져나간다네
요……"

"옻 안 넣었다면서요!"

"옻이요? 옻이라면 쪼가리는커녕 부스러기도 안 넣었어
요……"

그는 여자의 말을 도대체 어디까지 믿어야 할지 혼란스럽
다.

119를 불러야 하나 싶을 정도로 심해진다. 방안을 뒹굴며
고통스러워하고 있는데 방문이 열린다. 여자가 두드러기 약
이라며 빨간 약을 그의 머리맡에 놓아주고 간다.

*

옻 두드러기는 나흘 만에 가라앉는다. 어째서 오광저수지
를 못 떠나는 것인지, 그는 스스로가 이해되지 않는다. 여자
의 아들이 오광저수지에 없다고 확신하면서도.

몸 상태가 정상으로 돌아왔지만 그는 저수지 물속으로 들어가지 않는다. 그가 식당에 죽치고 앉아 TV나 보며 하루종일 빈둥거리는데도 여자는 그에게 세끼 밥을 꼬박꼬박 차려준다. 비까지 내려 수색 작업은 열흘 넘게 중단된다. 폭우처럼 퍼붓는 비에 저수지 물은 절벽 아래 엉덩이처럼 튀어나온 바위가 잠길 정도로 무섭게 불어난다. 아들의 안부를 묻는 그의 문자메시지에 아내는 아무 대답이 없다. 아들이 열 살 되던 해 아내가 대형 마트에 갔다가 아들을 잃어버린 적이 있었다. 아내가 아들을 찾아 대형 마트 안을 헤매는 동안 그는 사체를 찾아 녹조가 심하게 낀 물속을 헤맸다. 반나절 만에 아들을 찾기는 했지만 언제 또 그런 일이 있을지 몰랐다. 아들을 시설에 보내는 게 어떻겠느냐는 그의 말에 아내는 완강하게 고개를 저었다. 평생 내가 데리고 살다 무덤에 들 때 데리고 들어갈 거야.

날이 어두워지면서 빗줄기가 더 거세진다. 여자는 통유리 앞 탁자에 망부석처럼 앉아 있다. 내내 켜져 있던 TV가 웬일로 꺼져 있다.

"산 위로 대피해야 하는 거 아니에요?"

"자라 농장을 할 때는 새벽 한시면 깨어났어요. 저수지 바닥에 가라앉아 있던 자라들이 한꺼번에 올라오는 소리가 들렸거든요⋯⋯ 떼를 지어 올라오는 소리가 새벽 세시 넘도록⋯⋯ 저수지가 출렁출렁 흔들려서 잠을 잘 수 없었어요."

"누구⋯⋯였어요?"

"누구요⋯⋯?"

여자의 고개가 그를 향한다.

"저수지에 빠져 죽었다는 사람 말이에요."

"출렁출렁⋯⋯"

여자의 입초리가 올라가며 야릇한 미소가 번진다. 눈빛은 꿈을 꾸는 듯 몽롱하다.

"혹시 아줌마 아들⋯⋯ 아니에요?"

그 말에 여자의 얼굴이 싸늘하게 굳는다.

"아저씨⋯⋯ 꼭 좀 찾아주세요. 우리 아들 좀⋯⋯ 돈은 얼마든지 드릴게요⋯⋯ 아저씨, 저수지가 깊지요?"

우는지 여자의 얼굴이 흘러내리듯 일그러진다.

"저수지가 얼마나 깊은지는 아줌마가 나보다 더 잘 알 것 아니에요."

"내가요? 나는 몰라요⋯⋯ 들어가봤어야 얼마나 깊은지 알지요. 내가 물이라면 질색이라서⋯⋯ 저수지에 발도 못 담가봤는걸요."

그는 어이가 없다. 여태껏 여자가 했던 말들 중 가장 황당하다. 그가 오기 전까지 여자는 혼자 배나무식당을 지키며 살고 있었다. 대낮에도 서늘한 귀기가 감도는 오광저수지 물을 감당하며.

"물을 그렇게 무서워하는 사람이 자라 농장은 어떻게 했데요?"

"그거야…… 양씨가 잡아다 주는 자라 가지고 요리만 했으니까……"

"양씨요?"

"자라를 도마 위에 뒤집어놓고…… 대가리하고 다리를 잘라내고…… 구기자, 산약, 황기, 생강 넣고 푹 끓이면 자라탕…… 내장을 묵처럼 되게 굳혀서 썰어내면 자라편육……"

"양씨는 또 누구예요?"

"자라가 버릴 게 없거든요. 피까지 먹으니까요…… 알하고 간이 고소해서 그것만 찾는 인간들도 있으니까요…… 자라만두는 내가 개발한 거예요. 자라고기를 못 먹는 인간들에게 먹일 방법이 없을까 고민하다…… 자라탕 팔아 우리 아들 운동화도 사주고, 책가방도 사주고, 피아노 학원에도 보냈는데…… 우리 아들이 좋아했어요."

"……?"

"내가 자라 대가리 자르는 걸…… 아들이 옆에서 지키고 있다가 내가 자라 대가리를 자르면 짝짝짝 박수를 쳤어요……"

"아줌마, 내 말 잘 들어요. 아줌마 아들, 저곳에 없어. 저수지가 말라 바닥이 드러나야 아들이 저곳에 없다는 걸 알겠어? 저 속에는 자라들 천지라구. 차라리 자라를 잡아다 줄까? 있지도 않은 아들 시신 찾느라 괜히 아까운 돈 쓰지 말고 자라 농장이나 다시 해보는 게 어때?"

"내가…… 봤다고 했잖아요."

"몰래 떠난 거겠지."

"떠나……요? 서울서 잘살다 엄마하고 식당하며 살겠다고 일부러 내려온 아들이 뭣 때문에 떠나겠어요. 우리 아들이 서울서 얼마나 잘나갔는데요. 서울 여의도 알아요? 국회의사당 있는 데 말이에요. 우리 아들이 여의도에 있는 통신회사에 다녔거든요."

"통신회사요? 아줌마, 조카 하나가 통신회사에 다녀서 내가 그쪽 사정을 잘 알거든. 무작위로 전화 걸어 새 휴대전화 파는 일이나 했겠지. 식당이나 해볼까 하고 내려왔다가 엄두가 안 나니까 도망친 거겠지."

"……건축과 남계장도 봤다고 했잖아요. 그 사람한테 가서 물어보세요. 공무원이 거짓말하는 거 봤어요? 나랏일 하는 사람이 괜히 거짓말하겠어요? 남계장이 약속했거든요."

"뭘 약속했는데요."

"여기서 계속 장사할 수 있게 해주겠다고…… 식당 문 안 닫고 계속 장사할 수 있게 해주겠다고……"

"이 식당 혹시 불법 건축물이에요?"

"남계장이 약속했단 말이에요……"

그는 이제 여자가 자신에게 한 모든 말을 믿지 못하겠다.

"하나라도 더…… 자라 대가리를 하나라도 더 자르면 자를수록…… 자신이 사달라는 걸 더 많이 사줄 수 있다는 걸 아들이 알았어요. 우리 아들이 똘똘해서……"

그는 더는 듣고 있을 수 없다. 세상에 어떤 미친 여자가 어린 아들이 지켜보는 앞에서 식칼을 휘둘러 살아 있는 자라의 대가리를 내려칠까 싶다. 엄마가 자라 대가리를 하나라도 더 자를수록 자신에게 더 많은 걸 사주리라는 믿음, 말도 안 되는 믿음 속에서 자란 여자의 아들은 도대체 어디로 사라진 걸까.

"아줌마, 자라라면 내가 얼마든지 잡아다 줄 수 있는데……"

"……자라요?"

"촛닭 같은 거 팔지 말고 자라요리나 다시 팔아보지 그래요? 내가 자라를 잡아다 줄 테니……"

여자가 그를 쏘아보며 완강하게 고개를 가로젓는다.

"왜요? 아줌마도 자라라면 징글징글해요?"

"그게 아니라…… 씨가 말랐는걸요…… 무콜병이라고 자라가 부패되고 부식되는 전염병이 돌아서…… 사람이 빠진 이듬해 여름에…… 생전 가야 그런 장관은 또 못 보지 싶어요…… 날짜도 똑똑히 기억하고 있는걸요. 중복 지나자마자였으니까…… 한꺼번에 떠올랐어요. 오골계가 떼죽음당하는 건 봤지만…… 자라가 떼죽음당하는 건 그때 처음 봤어요. 그때…… 씨가 말랐는걸요…… 독약이라도 탔는지 한꺼번에…… 전날 새벽까지 장사를 했거든요. 노래방 기계를 갖추어놓았더니 밤새 술 마시고 놀다가 새벽에야 돌아가는 손님들이 있어서…… 해가 중천에 떠서야 일어나 밖에 나왔다가, 자라들이 저수지를 빼곡하게 덮고 있는 걸 보고 얼마나 놀랐는지…… 우황청심환을 두 개나 깨물어먹었다니까요. 중국에 여행 갔을 때 공항에서 사온 우황청심환이 있었거든요. 두 개를 한꺼번에 먹었더니 혀가 죽은 붕어처럼 축 늘어져 꿈쩍 않는 게, 말이 나오지 않더라고요. 연탄가스를 마신 것처럼 머리도 몽롱하고…… 아무튼 그때 씨가 말라서…… 간혹 저수지

를 찾는 낚시꾼들도 이구동성으로 잉어하고 붕어밖에는 잡히
지 않는다고……"

*

주방 흐릿한 알전구 아래 망월처럼 떠오르는 것은 여자의
엉덩이다.

여자가 바가지로 붉은 고무 다라이 속 물을 떠 사타구니로
흘린다. 가스레인지 위 찌그러진 양은 들통에서 수증기가 모
락모락 피어오른다. 여자의 머리 위 벽에 못을 박아 줄줄이
걸어놓은 시커먼 냄비와 프라이팬들은 꼭 자라 같다. 오광저
수지에서 올라온 자라들이 주방으로 들어와 벽에 의뭉스럽
게 달라붙어 있는 것 같다.

여자의 몸은 깡마른 상체에 비해 엉덩이와 허벅지가 기형
적으로 비대하다.

화장실에 가려고 나왔다가 여자의 알몸을 우연히 목격한
그는 묘한 흥분에 휩싸여 탄식을 토한다.

그가 가장 마지막으로 본 여자의 몸은 아내가 아니라 죽은
여자의 것이었다. 신원 확인과 사망일 추정이 불가능할 정도
로 물속에서 심하게 부패된. 산소량이 적은 물속 부패 속도

는 공기 중 부패 속도보다 두 배 정도 느리지만, 땅속 부패 속도보다는 네 배나 빠르다. 그것이 벌써 오 년 전이었다. 경북 청도에서 영천으로 넘어가는 국도변에 자리한 저수지에서였다. 그는 아직도 그 저수지에서 인양한 여자와 춤을 추듯 물속을 부유하는 악몽에 시달리고는 한다. 얼굴이 강판에 간 감자처럼 너덜너덜해진 여자와 뒤엉켜서는. 때때로 여자는 그에게 말을 걸어오기도 한다.

'너무 외로웠어, 죽고 싶을 만큼.'

'이미 죽었잖아.'

'아무도 날 찾지 못했으면 했는데, 아무도 날 찾지 못하면 어쩌나 두려웠어.'

'이율배반적이군.'

'당신이 날 찾지 않았으면 누가 날 찾았을까?'

'다른 잠수사가 찾았겠지.'

'아니야, 당신이라서 찾은 거야.'

'나는 당신이 누군지 몰라. 당신이 누군지 알고 싶지도 않고.'

'전생에 우리가 부부였을까?'

'억지로 끼워맞추지 마!'

그가 참을 수 없는 것은 그 꿈이 아니라 그 꿈을 꾸고 난 뒤에 감당해야 하는 수치심이다. 꿈을 꾸고 난 뒤면 그의 성기는 어김없이 한껏 발기해 있다.

여자의 방에 몰래 숨어든 그는 여자가 목욕을 끝내고 돌아오기를 기다린다. 슬리퍼를 질질 끌며 방 쪽으로 걸어오는 발소리가 들린다. 여자가 방 미닫이문을 열고 들어서자마자 그는 두 팔로 여자를 끌어안고 내동댕이치듯 이불 위로 엎어뜨린다.

바동바동 발버둥치는 여자의 등을 팔꿈치로 찍어 누르고 치마 속으로 손을 집어넣는다. 허겁지겁 바지 지퍼를 내리고, 출렁이는 여자의 엉덩이에 자신의 부풀어오르는 성기를 밀착시킨다.

"아줌마 잘 들어…… 아줌마 아들, 저수지에 없어……"

그는 여자의 귀에 입을 뭉개듯 들이대고 헐떡헐떡 중얼거린다.

"아줌마 아들, 십 년 전에 이미 꺼냈잖아…… 아들 때문에 자라 농장이 하루아침에 망한 거 아니야? 내가 잘못 짚었나?"

그는 비명을 지르려는 여자의 입을 손으로 틀어막는다. 금을 씌웠는지 이물스럽도록 매끈한 어금니가 엄지손가락에

만져진다.

"자라라면 얼마든지 잡아다 주지, 자라라면……"

그는 여자를 끌어안고 자신이 가장 공포를 느끼는 깊이인 수심 십 미터에서처럼 상승과 하강을 반복한다.

*

오광저수지 물은 이제 아버지의 몸에 차오르던 담즙도 되었다가, 아들을 임신했을 때 아내의 자궁에 고여 있던 양수도 되었다가, 군청 건축과 남계장의 오줌도 된다.

그의 잠수복은 열흘 넘게 벌을 서듯 빨랫줄에 거꾸로 매달려 있다.

저수지 물을 바라보며 담배를 연달아 세 개비나 피웠더니 목이 마르다. 그는 배나무식당 안으로 들어가 주방으로 간다.

주방 바닥에 쭈그리고 앉아 소쿠리 속 옻순을 다듬던 여자가 그를 보고 피식 웃는다.

"남계장이 옻순이라면 환장을 하거든요. 군청 건축과 남계장 말이에요. 계장 끗발이 대통령 끗발이지 뭐예요. 우리 같은 사람들한테는……"

여자의 엉덩이 근처, 붉은 고무 다라이로 그의 눈길이 간다. 언 닭 세 마리가 물속에 잠겨 녹고 있다.

"손님 받았어요?"

"먹고살아야 하니까요……"

여자가 천연덕스럽게 말해 그는 할말을 잊고 항복하듯 두 팔을 들어 보인다. 고개를 가로젓다가 주방을 나온다.

그는 이제 여자에게 아들이 있었는지조차 의심스럽다.

지난 새벽 여자의 엉덩이 사이로 자신의 그것을 밀어넣으면서 그는 처녀를 강간하는 것 같은 이상한 죄책감에 사로잡혔다. 그러나 폐경이 왔어도 진즉에 왔을 철 지난 여자였다.

*

지겹게 내린 비로 오광저수지 물은 두 배로 불어나 있다. 그는 모터보트를 몰고 저수지 한가운데까지 천천히 나간다. 바람이 잔잔해 시신을 인양하기에 더없이 좋은 날이다.

모터보트 시동을 끄고, 한층 따가워진 태양빛을 맞으며 새를 찾는다. 영원한 형벌에 갇힌 새. 그는 자신이 차라리 그 새였으면 싶다. 그런데 오늘따라 새가 보이지 않는다.

몇 번째 입수인지, 그는 더이상 세지 않는다. 수심 삼 미터 아래까지 못을 박듯 수직으로 곧장 내려간다.

물속을 떠다니는 부유물들이 빛과 어우러져 자라 비슷한 환영을 만들어낸다. 기하급수적으로 불어나는 환영들을 압도하며 자라가 조용히 등장한다.

이만 평에 달하는 물속에 생물이라고는 자라와 그 자신, 그렇게 둘뿐인 것 같다.

저것 역시 환영일지 모르지……

그의 중얼거림을 듣기라도 한 듯 자라가 그를 향해 쑥 미끄러지듯 나아온다. 그 순간 생뚱맞게 아들의 얼굴이 떠오른다.

시정이 반경 일 미터인 물속에서 시신을 인양하는 과정을, 그는 아들에게 들려준 적이 있었다. 천지사방이 허방인 물속을 손으로 더듬거리며 시신을 찾아야 했던 고충을…… 그즈음 아내는, 열여섯 살 먹도록 자신의 이름조차 읽고 쓸 줄 모르는 아들에게 제과 제빵 기술을 가르치려 무던히도 애를 쓰고 있었다.

자라가 선회하듯 곡선을 그리며 그에게서 멀어진다. 머뭇거리던 그는 자라를 쫓아 팔을 내젓는다.

*

새가 저수지를 가르며 날아간다. 돌덩이 같은 그림자를 끌며. 전체적으로 옅은 감색이 도는 게 어느 때보다 고요하다. 배나무식당에서 여자가 걸어나오더니 저수지 앞에 망부석처럼 선다. 손을 들고 저수지 한가운데 섬처럼 떠 있는 빈 모터보트를 향해 가만가만 손을 흔든다.

벌

수천수만 마리의 벌이 동시에 내는 소리는 사지를 마비시키기에 충분하다. 높낮이가 거의 없이 지루하게 반복되는 소리의 위력은, 전기톱 돌아가는 소리와 맞먹는다. 신왕출방이라도 있는 걸까. 새 여왕벌이 왕대에서 나오기 전에 여왕벌이 스스로 일벌의 일부를 데리고 분가하는 신왕출방은, 봄 번식기에 빈번하게 발생한다.

올봄 질식하도록 꽃향기가 농밀해 아침부터 벌들이 극성이다. 까막산에는 온갖 꽃들이 지천으로 널렸을 것이다. 머루, 큰엉겅퀴, 지칭개, 개박달, 때죽, 꿀풀, 찔레, 메꽃······

재작년 아들을 따라 이곳 까막산에 든 것도 이즈음이었다. 아들은 벌통 여섯 군과 이불 보따리, 그리고 나를 일 톤 트럭에 신고 까막산을 찾아왔다. 황기밭과 요셉기도원과 표고버섯 농장을 지나 외지고 구불거리는 산길을 이십 분쯤 달리자 황토색 흙집이 괴괴한 몰골을 드러냈다.

폐병쟁이가 살았다던 흙집은 나방 천지였다. 고사리, 취, 곤드레 같은 말린 나물들에서 부화한 나방들이었다. 폐병쟁이가 나물만 먹고 살았는지 흙집 방과 마루에는 바싹 말려 봉지에 담은 나물들이 널려 있었다. 폐병쟁이가 살아서 까막산을 내려갔는지, 죽어서 내려갔는지 아들은 내게 말해주지 않았다.

봄을 두 번 나는 동안 벌통은 네 군이 더 늘어 전부 열 군이다.

흙집에서 멀지 않은 곳에 아카시아 숲이 있는 것이 분명하다. 따뜻하고 건조한 바람에서 아카시아꽃 냄새가 짙게 난다. 국도변에 자리하고 있지만 물류 창고들에 가려져 있는데다 옹색한 형상 때문일까, 까막산은 양봉업자들의 발길을 타지 않았다.

유릿조각 같은 빛이 허공에 떠다니는 시간, 혼몽중에 벌통을 드나드는 벌들을 바라보고 있으려니 그날이 가물가물 떠오른다. 구 년 전 그날, 실지렁이 같은 아지랑이가 피어오르던 고속도로 위에서 흩어진 벌들은 어디로 날아갔을까. 벌통마다 이만 마리에 달하는 벌들이 들어 있었다. 벌통이 무려 백 군에 달했으니 이백만 마리가 넘는 벌이…… 신기루처럼 사라진 벌들은 언젠가 되돌아올 것이다. 그날을 대비해 벌통을 넉넉히 마련해두라는 당부를 나는 그러나 아직 아들에게 하지 못했다.

지난밤 나는 자홍색 목단화가 듬성듬성 수놓인 목화솜 이불 속에서 아들에게 물었다.

"내가 올해 몇 살이냐?"

5월 초순이지만 산속이라 밤에는 공기가 싸늘했다.

"스물두 살이요."

아들이 내게서 돌아누우며 중얼거렸다.

"저런, 봄이 가기 전에 시집을 가야겠구나……"

"아흔아홉 살에 시집은 가서 뭐하게요?"

아들이 화를 냈다.

"내 나이가 스물두 살이라고 하지 않았냐?"

"스물두 살이요? 마흔여섯 살이라고 했잖아요!"

물어볼 때마다 다른데, 수년에서 수십 년씩 차이가 나지만 나는 아들이 일러주는 내 나이를 한 번도 의심한 적이 없다. 내 나이가 여섯 살이라고 했을 때도 곧이곧대로 믿었다.

오늘 아침에도 나는 밥을 먹다 말고 아들에게 나이를 물었다. 기름에 튀긴 임연수어와 황석어젓, 된장찌개가 밥상에 올라와 있었다.

"내가 올해 몇 살인지 가물가물하구나."

"서른두 살이잖아요."

황석어젓에 비빈 밥을 입에 넣고 우물거리며 아들이 말했다.

"내 어머니가 서른두 살에 죽었는데!"

나는 임연수어를 뜯다 말고 한탄했다.

내가 이리도 마당 허공을 더듬는 것은, 언제 있을지 모를 처녀 여왕벌의 교미비행을 놓치지 않기 위해서다. 나흘 전에도 신왕출방이 있었다. 신왕출방 후 닷새를 전후로 처녀 여왕벌의 교미비행이 있다. 교미비행을 하기에 햇살이 더없이 따뜻하고 환하다. 올봄 들어 제대로 구경을 못해 은근히 기다려진다. 어쩌면 나는 교미비행보다 수벌이 추락하는 광경이 보고 싶은 것인지도 모르겠다. 일장춘몽 같은 교미가 끝나자마자 수벌이 빙그르르 땅바닥으로 곤두박질치는 광경이. 종족 번식의 의무를 끝낸 수벌의 최후가 얼마나 허무하고 비참한지 내 두 눈으로 지켜볼 때마다 묘한 흥분이 인다.

교미하는 동안 수벌은 여왕벌의 꽁무니에 악착같이 매달려 버티다가, 그것이 끝나면 탈진해 여왕벌의 꽁무니에서 미끄러지듯 떨어진다. 간혹 엔진이 과열된 오토바이처럼 공중에서 터져버리기도 한다. 벌들의 교미비행은 은밀하지 않고 야단스럽다. 수벌들은 일생일대 단 한 번뿐인 기회를 서로 차지하기 위해 처녀 여왕벌 주위를 요란하게 날아다닌다. 수벌 두 마리가 쌍으로 여왕벌에게 달라붙기도 한다. 교미중에도 다른 수벌들의 방해는 계속된다.

작년 봄, 교미가 끝났는데도 자신의 꽁무니에 매달려 버티는 수벌을 여왕벌이 주둥이로 질근질근 물어뜯어 잘라버리던 광경이 떠오른다. 수벌 대가리가 땅으로 떨어질 때 까막산 여기저기서 노란 송홧가루가 폭죽처럼 터졌다. 수벌의 최후를 슬퍼하거나 안타까워할 필요는 없다. 어차피 종족 번식을 위해 태어난 운명으로, 수벌에게는 교미 말고 어떤 의무도 주어지지 않는다. 교미 철이 지나면 수벌들은 자신들보다 작지만 사나운 일벌들에게 쫓겨나 꽃이 다 진 들판에서 죽음을 맞는다.

아들이 트럭을 몰고 까막산을 내려간다. 엿새꼴로 아들은 부식물이나 살충제 따위를 사러 읍내에 다녀온다. 읍내 구경

이 하고 싶지만 나도 데려가달라고 아들에게 매달리지 않는
다. 트럭이 곤두박질치듯 산길을 내려가는 소리를 듣고 있으
려니 흙집에 홀로 버려지는 게 아닌가, 두려움이 엄습한다.

트럭 소리가 까마득히 멀어진 지 삼십 분이나 지났을까. 불
길하고 의뭉스러운 그림자가 부엌 쪽에서 어슬렁거리는 것
같더니 마루로 다가온다. 내 얼굴 위로 갈색 벙거지를 푹 눌러
쓴 얼굴이 슬그머니 나타난다. 까막산 주인 늙은이다. 아들과
나, 단둘이 사는 흙집을 찾아오는 이는 그 늙은이뿐이다.

내 얼굴을 살피는 늙은이의 눈빛이 음흉하다.

꿀을 훔쳐먹었는지 늙은이의 벌어진 입에서 단내가 풍긴
다. 설탕 단내가 아니라 꿀 특유의 밀랍 냄새가 나는 단내다.
늙은이의 얼굴은 광대를 중심으로 살비듬이 하얗게 일어나
있다. 단내 때문에 살비듬이 아카시아 꽃잎들 같다. 단내를 맡
은 벌이 늙은이의 얼굴 주위를 희롱하듯 집요하게 맴돈다.

"나이가 어떻게 되는가?"

"스물세 살……"

트럭을 몰고 산길을 내려가기 전 아들은 내 나이가 스물세
살이라고 알려주었다.

"스물세 살이 아니라 일흔세 살이겠지!"

130

늙은이가 아들과 내 존재를 알아차린 것은 작년 가을 도토리들이 떨어질 때였다. 늙은이가 아들에게 하는 말을 나는 똑똑히 들었다. 자신이 까막산 주인으로, 조상 대대로 주인이었다고. 그러므로 까막산에서 나는 것을 자신의 허락 없이 함부로 따거나, 주워서는 안 된다고 늙은이는 엄포를 놓았다. 도토리 한 알, 밤 한 톨, 버섯 한 송이도. 안개 같은 흰 복면포를 뒤집어써 얼굴이 흐릿하게 뭉개져 보이는 아들에게 늙은이는 보름 안으로 벌통들을 치우거나 임대료를 내라고 으름장을 놓았다. 아들이 벌통들을 치울 생각도, 그렇다고 임대료를 낼 생각도 않자 늙은이는 사나흘꼴로 찾아와 벌통들을 치우라고 닦달하고 있다. 아들이 자신을 무시한다고 생각한 늙은이는 자신의 큰아들은 경찰서장이고, 작은아들은 군청 공무원이라고 으스대며 당장이라도 아들들을 몰고 와 벌통을 부술 듯 야단을 떨었다. 정말로 아들들을 이끌고 나타나 벌통들을 부수어버리면 어쩌나 가슴을 졸이지만 늙은이는 번번이 혼자다.

내 아들이 치는 벌들을 늙은이는 못마땅히 여긴다. 벌들이 까막산에 핀 꽃들에서 꿀을 훔치기 때문이다. 어차피 때가 되면 허망하게 질 꽃들이라는 걸 늙은이는 모르는 걸까. 하긴, 까막산에서 나는 것이면, 그것이 한낱 잡초여도 자신의 것으로 여기는 늙은이가 아닌가.

꽃들이 피어나기까지, 도토리들과 밤들이 영글기까지, 고사리들과 버섯들이 올라오기까지, 자신이 어떠한 수고도 하지 않았다는 것을 늙은이는 모르는 걸까?

늙은이는 까막산으로 날아드는 새들도 자신의 것이라 우기려나?

나는 인간이 산을 갖는다는 것이 가능하기나 한 일인가 싶다. 자신의 몸에서 난 자식조차 어쩌지 못하는 인간이, 온갖 나무와 풀과 벌레와 짐승 들로 넘쳐나는 산을 갖는다는 것이. 늙은이가 까막산에 보탬이 되는 날은 죽어서나 오리라. 까막산에 묻혀 거름으로 쓰이는 날에나.

늙은이가 흙집을 다녀가는 날이 부쩍 잦다. 늙은이는 이틀 전에도 찾아와 아들에게 당장 벌들을 데리고 까막산을 떠나라고 성화를 해댔다. 지천으로 핀 꽃들을 두고 산을 떠나라니…… 늙은이는 아들이 꿀을 한 통 들려주자 그제야 마지못하는 척 까막산을 내려갔다. 늙은이는 이 산의 주인이라는 이유만으로 꿀을 거저 얻으려 한다. 아들은 까막산을 떠날 마음이 없다. 더구나 봄꽃들이 흐드러진데다 벌들의 상태가 그 어느 해보다 좋다. 마씨가 어째서 그토록 산을 갖고 싶어 했는지, 비로소 이해된다. 그는 아카시아로 우거진 밀원지蜜

源地보다 밤나무 산을 갖고 싶어했다. 충남 공주 쪽에 그가 탐을 내던 임야가 있었다. 천 평에서 조금 모자라는 임야로, 이 킬로미터 근방에 밤나무 농장이 있었다.

늙은이가 나타나기 전까지 노루들만 어쩌다 흙집에 다녀갔다. 지난겨울 폭설이 내렸을 때 어미 노루가 새끼를 데리고 다녀가기도 했다. 노루 울음소리는 폐병쟁이가 피를 토하는 소리 같다. 그래서일까. 칠흑 같은 어둠 속에서 노루 울음소리가 들려올 때면 폐병쟁이가 흙집을 떠나지 않고 우리와 함께 살고 있는 것 같은 착각마저 든다.

"나이가 어떻게 된다고?"

"서른한 살……"

"쯧쯧! 풍을 맞았군. 풍을 맞아서 몸뚱이에 마비가 왔어." 늙은이가 히죽 웃는다. "재작년에 세상 떠난 여편네가 내리 십 년 풍을 앓아서, 풍이라면 내가 누구보다 잘 알지."

늙은이뿐 아니라 내 몸뚱이를 본 사람들은 하나같이 풍이 든 줄 알지만, 내 몸뚱이를 이 지경으로 만들어놓은 것은 풍이 아니다.

늙은이는 흙집 구석구석을 뒤지듯 살피고 돌아다닌다. 허술하게 지어진 흙집은 아들과 내가 들어와 살기 전부터 무너지고 있었다. 아궁이에 불을 때면 방안이 금세 연기로 그득

차 아들과 나는 전기장판 하나로 겨울을 났다. 방문을 함부로 열고 방안을 살피던 늙은이가 혀를 내두른다. 방안은 폐병쟁이가 쓰던 물건들로 어수선하다. 폐병쟁이가 먹던 약병들과 약봉지들도 치우지 않아 방구석에서 나뒹굴고 있다. 우리가 들어와 살기 전까지 까막산에 흙집이 지어진 사실조차 노인은 모르고 있었던 게 아닐까.

벌통들을 기웃거리던 늙은이는 부엌에서 꿀을 한 병 훔쳐 들고 까막산을 내려간다.

아들이 돌아오지 않을까봐 불안하다. 작년 여름 트럭을 몰고 까막산을 내려간 아들은 닷새가 지나도록 돌아오지 않았다. 장마 뒤여서 마당은 철사처럼 억센 풀들로 우거졌다. 수돗가가 이끼로 뒤덮였고, 무너진 돌담 밑에 뱀딸기가 피를 토한 듯 수북이 맺혔다. 뒤틀린 마루 틈에서 지네가 줄지어 올라와 내 겨드랑이와 사타구니로 파고들었다. 나는 지네를 닥치는 대로 손바닥으로 눌러 죽였다. 두 다리를 쓰지 못하는 나는 카스텔라 한 덩이와 계란과자 두 봉지, 초코파이 네 봉지로 닷새를 버텼다.

아들이 돌아왔을 때 내 허벅지와 팔뚝에는 내장이 터져 죽은 지네들이 아물지 않은 흉터처럼 들러붙어 있었고, 머리맡

에는 타버린 모기향 재가 무너진 탑처럼 소복이 쌓여 있었
다. 아들은 어딜 다녀왔는지 내게 말해주는 대신에 꿀물을
진하게 타 내 입으로 흘려넣어주었다.

　세번째 벌통에서 벌들이 갑자기 홍수처럼 밀려나오더니
경보음 같은 소리를 내며 떼 지어 날아다닌다. 분봉열이 발
생한 것이다. 이미 두 번이나 분봉열이 발생한 벌통이다. 분
봉열은 벌들이 갑자기 불어나거나, 산란 공간이 부족하거나,
공기가 잘 통하지 않을 때 발생한다. 일단 발생하면 습관적
으로 계속 발생하기 때문에 양봉업자들은 분봉열을 가장 신
경쓴다. 전날 아들이 벌통 소문을 넓혀주는 것 같더니만 별
효과가 없었던 걸까.
　수도 옆 사철나무의 사선으로 길게 늘어진 가지로 벌들이
날아드는가 싶더니, 금세 수박만한 봉구蜂球가 만들어진다.
　벌들이 죽은듯 조용해 서늘한 정적이 흐르는 저 봉구 속
어딘가에 여왕벌이 있을 것이다. 한나절 안으로 벌들은 자신
들이 모여 살 적당한 거처를 정해 이동할 것이다. 설탕물을
넣은 벌통을 봉구 가까이 놓아두면 벌들을 쉽게 그 안으로
유인할 수 있다는 걸 나는 알고 있지만 속수무책의 심정으로
봉구를 바라만 볼 뿐이다.

한식경쯤 지났을까. 흔들림조차 없던 봉구가 일그러지는가 싶더니 벌들이 순식간에 그물처럼 퍼진다. 벌들은 여러 가닥의 나선을 그리며 멀리 시야 밖으로 사라진다. 수천 마리의 벌을 잃는 것은 이처럼 한순간이다. 벌집을 떠난 벌들은 큰 나무에 난 구멍 속이나 바위 밑을 찾아들 것이다.

아들의 트럭이 어스름을 끌고 돌아온다. 불과 서너 시간 전에 수천 마리의 벌을 잃었다는 사실을 알 리 없는 아들에게 나는 지나가듯 말한다.

"분봉열이 있었다."

아들은 어느 벌통에서 분봉열이 있었는지 내게 묻지 않는다. 묵묵히 트럭 적재함에 실린 물건들을 마당에 부린다. 라면, 부탄가스, 두루마리 화장지, 쌀, 초코파이, 소주, 커피믹스……

물건들을 부엌으로 옮긴 뒤에야 아들이 흰 복면포를 쓰고 세번째 벌통으로 다가간다.

아니나 다를까, 아들이 내게 여왕벌을 가져다준다. 분봉열이 일어난 벌통의 여왕벌을 아예 죽인 것이다. 벌을 끔찍이 여기던 마씨는 분봉열을 미연에 방지하기 위해 여왕벌의 날개를 잘라버리고는 했다. 벌에 대한 집착이 마씨 못지않지만 아들은 절대로 여왕벌의 날개를 자르지 않는다. 아들이 여왕벌의 몸에 해를 입히지 않으려는 까닭을 나는 모른다. 마씨에게서 양봉을 배웠으니 여왕벌을 굳이 죽일 필요까지 없다는 걸 아들은 모르지 않을 것이다.

아들이 분사한 살충제에 질식해 죽은 여왕벌의 몸체는 니스를 칠한 듯 반질반질 빛나고 금빛 털로 덮여 있다. 하루에 이삼천 개의 알을 낳던 몸이라는 생각이 들자 경이롭기까지 하다. 아들이 내게 여왕벌을 가져다줄 때마다 나는 살아 있는 여왕벌일까봐 조마조마하다. 아직 그런 적은 없지만 그 어느 날 아들이 내게 살아 있는 여왕벌을 가져다주리라는 걸 나는 알고 있다.

엿새 전에도 아들은 죽은 여왕벌을 내게 가져다주었다. 한 벌집에 여왕벌이 둘 있을 수 없다고 아들이 말했던가. 조금 전 아들이 내게 가져다준 여왕벌이 몇번째 여왕벌인지 모르겠다. 아들은 일일이 헤아릴 수 없을 만큼 많은 여왕벌을 내게 가져다주었다. 하나같이 죽은 여왕벌이었는데도 혹시나 살아 있는 여왕벌일까봐 가슴을 졸이는 것은 여왕벌이 두려워서가 아니다. 여왕벌은 인간과 일벌에게는 절대 침을 쏘지 않는다. 오로지 다른 여왕벌과 싸울 때만 침을 쏜다.

죽은 여왕벌을 손바닥 위에 올려놓고, 아들이 내게 살아 있는 여왕벌을 가져다주는 상상을 한다. 삼천 개의 알을 품은 여왕벌을 목구멍으로 삼켜 반신불수인 내 몸에 출방시키는 상상을. 내가 혼곤한 낮잠에 든 동안 여왕벌은 알을 낳을 것이다. 여왕벌이 하루 삼천 개까지 알을 낳는다고 일러준 이는 마씨도, 아들도 아닌 죽은 내 아버지였다. 알들은 벌로 부화해 밀랍으로 된 육각형 방을 내 위와 간, 신장, 폐 속에 지을 것이다. 죽은 나무보다 못한 내 육신이 벌집으로 쓰이는 것도 나쁘지 않으리라.

*

까막산에서 올려다보이는 저 별들마저 늙은이는 자신의 것이라 우길까. 그렇다면 까막산에 묻힌 시체들도 늙은이의 것이리라. 독 오른 뱀들도, 지네들도, 지렁이들도, 들쥐들도, 독버섯들도……

아들이 이불 속으로 기어들어온다.

"내가 올해 몇 살이냐?"

"스무 살……이요."

아들이 뒤에서 두 팔로 나를 끌어안더니, 내 겨드랑이에 얼굴을 파묻는다. 아들의 앙상하고 뜨거운 손이 내 젖가슴을 더듬어온다. 밤마다 아들과 내가 부부처럼 한 이불을 덮고 잠든 게 언제부터인지 모르겠다.

"지독한 냄새가 나요. 엄마 겨드랑이에서……"

아들이 나를 떠나지 못하는 이유가 실은 냄새 때문이 아닐까. 여왕벌은 페로몬이라는 물질로 자신에게 딸린 벌들을 통제한다. 벌통을 떠나는 여왕벌을 벌들이 따라나서는 것도 페로몬이 일으키는 환각 효과 때문이라던가.

아들이 양철 조각 같은 이로 내 겨드랑이를 깨문다. 팔뚝을, 등을, 목덜미를, 귀를…… 아들의 숨소리가 거칠어지는가 싶더니 두 팔로 나를 끌어안고 자신의 몸을 내 몸에 밀착한다.

"숨이 막히는구나!"

아들의 손이 내 머리채를 움켜잡는다. 거머리처럼 악착같이 달라붙는 아들을 떼어내고 싶지만 몸은 내 의지대로 따라주지 않는다. 아들의 성기가 내 엉덩이와 엉덩이 사이로 파고든다. 썩은 고구마처럼 물컹하던 성기가 흥분해 단단하게 발기하는 것이 느껴진다.

"어머니는 시체처럼 가만히 있으면 돼요……"

"으윽……"

"시체처럼요."

"윽……"

아들의 입에서는 내 겨드랑이에서 나는 냄새보다 더 지독한 냄새가 난다. 시체놀이를 하자는 걸까. 나는 그러나 시체놀이를 할 기분이 아니다. 젖가슴을 더듬던 아들의 손은 어느새 배를 더듬고 있다. 울퉁불퉁하게 뭉치고 늘어진 살덩어리를 주물럭거리더니 미끄러지듯 아래로 내려간다.

안달이 나 있지만 아들이 정작 원하는 것은 내가 아니라는 것을 나는 잘 안다.

오늘밤 아들은 내 몸뚱이를 필요로 하는 것뿐이다. 그리고 나는 내 몸뚱이를 내어주는 것뿐이다.

"시체처럼 가만히 있으라니까요!"

"시, 시체처럼 말이냐……?"

"산속 저수지에서 본 시체처럼요."

"저수지라니……?"

"사내들이 시체를 둘러싸고 있었잖아요. 벌거벗은 여자 시체를……"

자맥질을 하듯 몸을 움직이며 헐떡헐떡 숨을 몰아쉬던 아들의 사타구니가 축축하게 젖어온다. 쇠처럼 단단해 부러질 것 같던 성기가 빠르게 쪼그라든다. 내 몸뚱이를 더듬던 아들의 손이 썰물처럼 물러난다. 나는 그제야 시체처럼 가만히 있는다.

아들이 내게서 차갑게 돌아눕는다.

……부여 쪽에 있던 야산에서였나. 마씨가 말벌집을 불태우던 광경이 떠오른다. 축구공만한 말법집과 함께 수만 마리의 말벌이 화염방사기가 내뿜는 불길에 타들었다. 마씨는 자신의 벌들에게만 너그러웠다.

떠돌이 양봉업자였던 마씨는 죽을 때까지 벌통들을 트럭에 싣고 전국의 밀원지를 찾아다녔다. 아카시아 숲을 지나치지 못하고 국도변에 벌통들을 부린 적도 있다. 신고를 받은 교통경찰이 출동하지 않았다면 그는 벌통들을 몇 날 며칠 그렇게 국도변에 놓아두었을 것이다. 토봉土蜂 농가로 등록한 양봉업자들은 뜨내기 양봉업자가 자신의 마을에 드는 것을 경계했다. 자신의 벌들이 채집할 꿀을 뜨내기 양봉업자의 벌들과 나누려 하지 않았다. 뜨내기 양봉업자가 나타나면 도봉盜蜂이라고, 자신의 벌통 속 꿀을 뜨내기 양봉업자의 벌들이 도둑질해갈까봐 노심초사했다. 밀원지로 입소문 난 지역에서는 종종 몰려드는 뜨내기 양봉업자들 사이에 다툼이 일어나기도 한다.

아들은 마씨처럼 떠돌이 양봉업자가 되었다. 벌통들을 트럭에 싣고 밀원지를 찾아 떠도는 인생이 얼마나 서럽고 불안

한지 누구보다 잘 알면서. 양씨가 경기도 화성 쪽에서 벌을 칠 때, 인근 토봉 농가에서 살포한 살충제 때문에 수만 마리의 벌을 한꺼번에 잃는 것을 똑똑히 지켜보았으면서.

그러나 떠올려보면 벌통들을 트럭에 싣고 전국을 떠돌아다니던 시절이 가장 행복했다. 그 시절 내 몸뚱이는 온전했다. 그리고 이 세상은 마씨와 나, 아들, 벌들, 그리고 꿀을 사리처럼 품은 꽃들로만 이루어져 있었다.

아들의 벌에 대한 집착은 마씨 못지않다. 다만 벌을 두려워하지 않던 마씨와 다르게 아들은 벌을 두려워한다.

어릴 때 아들은 벌떼에 집어삼켜진 적이 있다. 혼절한 아들을 영원히 삼켜버리려는 벌떼를 마씨는 여왕벌로 유인했다. 한 가마니는 되는 벌들은 순식간에 아들에게서 마씨에게로 옮겨갔다. 벌들을 온몸에 주절주절 달고 한 발짝, 두 발짝 발을 내딛던 마씨는 한순간 먼지를 털듯 벌들을 털었다.

언제 왔는지, 벙거지를 눌러쓴 늙은이가 내 발치에 옹송그리고 앉아 있다. 어딜 갔는지 아까부터 아들이 보이지 않는다. 지난번 왔을 때보다 살비듬이 더 심하게 일어난 늙은이의 얼굴이 내 고향 산을 떠올리게 한다. 마씨가 아들과 해숙을 이끌고 찾아오던 해, 내 죽은 아버지의 산이기도 했던 고향 산에는 아카시아가 만발했다. 그것이 벌써 삼십 년도 더 전이다.

늙은이의 말린 가죽나물 같은 앙상한 손이 내 종아리를 더듬어온다.

"나이가 어떻게 된다고?"

"마흔두 살…… 꿀을 바르면 매끈해질 텐데……"

"꿀을 발라?"

늙은이가 솔깃해한다.

"얼굴에 꿀을 바르면……"

늙은이가 슬그머니 몸을 일으키더니 부엌 쪽으로 걸어간다.

저 늙은이가 까막산을 설마 일 년 내내 꽃이 지지 않는 무릉도원으로 착각하고 있는 걸까. 까막산은 숨겨진 밀원지이기는 하지만 경북 칠곡군이나 강원도 인제군, 지리산 등 내로라하는 밀원지들에 비하면 작고 소박한 꽃밭에 지나지 않는다.

아들은 늙은이가 까막산을 내려가고 한참이 지나서야 돌아온다.

"어딜 갔었니?"

"꽃밭에요…… 산속에 꽃밭이 있어요."

"귀신같은 늙은이가 또 다녀갔다. 아예 벌통을 하나 내주지 그러냐?"

"나중에는 벌통을 다 차지하려고 들 거예요."

늙은이가 벌통 하나로 만족하지 않으리라는 걸 아들은 알고 있다. 결국에는 벌통을 전부 차지하고 싶어하리라는 걸. 늙은이는 벌통들이 자신의 차지가 되면 우리를 까막산에서 내쫓으려 들 것이다. 이런 일이 처음은 아니다. 까막산에 들기 전 아들은 전라북도 무주 쪽 야산 밑 버려지다시피 한 밭에서 벌을 쳤다. 감자조차 심어 먹지 않고 놀리던 밭이었으면서 밭주인은 임대료로 벌통을 분양받고 싶어했다. 아들에게서 얻은 벌통 두 군이 다섯 군으로 불어나자 아들에게 떠날 것을 요구했다.

"꽃들이 지기 전에 꽃밭에 데리고 갈게요. 꽃밭이 보고 싶다고 하셨잖아요."

꽃밭이 보고 싶다고 말한 사람은 그러나 내가 아니라 해숙이다.

*

마씨가 해숙과 아들을 데리고 나타난 것은, 전국적으로 역병이 돌아 벌들이 전멸하다시피 한 이듬해였다. 아들은 그때

144

겨우 두 살이었다. 나는 죽은 아버지의 집에서 빈 벌통들을 지키며 혼자 쓸쓸히 살아가고 있었다.

죽기 보름 전 아버지는 마당을 날아다니는 자신의 벌들을 바라보며 탄식했다.

"내 벌들이 몽상蒙喪을 했구나……!"

벌들은 하얀 꽃가루가 묻어 흰 저고리를 입은 것 같았다.

벌을 영물로 대접하던 아버지는 자신의 벌들이 흰 저고리를 입는 것은 상주 노릇을 하기 위해서라고 믿었다. 자신이 곧 죽으리라는 것을 알고 큰오빠를 불러, 자신이 죽으면 벌통에 제일 먼저 부고를 내라고 단단히 일렀다. 부고를 써 벌통에 삼베로 묶어주거나, 삼베 조각을 꽂아주거나, 상주의 저고리 일부를 조금 잘라 벌통 앞에 놓아두라고.

큰오빠는 그러나 아버지가 시키는 대로 하지 않았다. 부고를 내지 않으면 주인이 자신들을 가족으로 여기지 않는 줄 알고 벌들이 벌통을 떠나거나, 집단 자살을 하듯 한꺼번에 죽어버리는 불상사가 일어날 거라고 예견했는데도 불구하고.

아버지가 죽고 사십구재도 지나지 않아 깨진 독에서 물이 새듯 벌들이 벌통을 떠났다. 늘그막에 양봉으로 먹고산 아버지가 남긴 벌통은 오십 군이었다. 벌통 한 군당 벌의 마릿수가 보통 이삼만 마리라 쳐도 백만 마리가 넘는 벌들이 떠난 것이다.

아버지가 이른 대로 벌통에 부고를 냈으면 벌들이 떠나지 않았을까?

마씨는 내 죽은 아버지의 벌통에서 벌들을 부활시키고자 했다. 땔감으로나 쓰일 뻔했던 빈 벌통들에서 벌들이 부활하는 것을 지켜보며 나는 마술에 홀린 것 같은 극심한 현기증에 시달렸다.

해숙은 토끼처럼 순하고 겁이 많은 여자였다. 도시에서만 살아서 할 줄 아는 게 없는데다 벌을 무서워해 신왕출방이 있는 날이면 아예 방에서 나오지 못하는 그녀를 대신해 나는 마씨를 도왔다.

하루는 해숙이 내게 조심스럽게 물어왔다.

"나비를 기르면 좋을 텐데…… 너는 벌이 안 무서워?"

내가 얼마나 벌을 무서워하는지 알았다면 그녀는 그렇게 묻지 못했으리라.

그날 해숙과 나는 일벌들이 합심해 여왕벌을 죽이는 광경을 구경했다. 마씨가 분봉 유인망 안에 넣어준 여왕벌을 일벌들이 떨어뜨려 죽이는 것을. 처절한 최후를 맞은 여왕벌을 마씨는 해숙이 아닌 내게 가져다주었다.

해숙은 죽은 여왕벌도 무서워서 만지지 못했다.

"일벌들이 여왕벌을 왜 죽였을까?"

"한 벌집에 여왕벌이 둘 있을 수는 없으니까."

"둘이 한 자매처럼 우애 있게 살면 안 돼?"

약간 사시이던 그녀의 시선은 번번이 나를 벗어났다.

"여왕벌은 하나여야 해."

"왜?"

"그것이 벌들 세계의 법칙이니까."

"법칙?"

"인간세계에만 법칙이 있는 줄 알아? 벌들 세계에는 인간 세계에는 없는 법칙이 있지."

아들에게 물리고 있던 젖을 거두던 그녀가 갑자기 비명을 내질렀다. 그즈음 이가 나기 시작한 아들은 그녀가 젖을 거두어들이려 하면 젖꼭지를 이로 물고 늘어졌다.

"너는 시집 안 가?"

"오래전에 한 번 갔다 왔어."

"애는 안 낳았어?"

"생겨야 낳지."

스무 살에 만난 내 전남편은 중학교 교사로, 나를 세상에서 가장 무식하고 천한 여자 취급했다. 결혼 육 년째 되던 해 나는 전남편에게서 도망쳐 아버지에게 왔다.

봄을 세 번 나는 동안 벌통들에서 차례로 벌들이 부활했다. 벌들로 들끓는 벌통들을 바라볼 때마다 나는 죽은 아버지가 되살아난 것만 같은 흥분에 몸을 떨었다.

마씨는 내 아버지가 남기고 간 오십 군의 벌통으로 만족하지 않았다. 그는 내 아버지의 산을 양봉 농장으로 조성하고 싶어했다. 살아생전 내 아버지는 까막산의 두 배는 되는 산을 가지고 있었다. 아버지는 자식들은 물론 마을 사람들 앞에서 한 번도 그 산이 자신의 것이라고 우기지 않았다. 산을 팔지도 임대하지도 않았다. 죽기 전 산을 자식들에게 물려주지도 않았다.

아카시아꽃이 지고 온갖 여름 꽃들이 피어날 때, 마씨와 나는 벌통과 함께 산에 들었다. 마씨는 벌들이 날아가지 못하게 벌통을 흰 모기장으로 감싸고 지게에 져 날랐다. 마씨의 뒤를 따르는 내 손에는 해숙이 싸준 김밥 도시락이 들려 있었다. 그날따라 너무 깊이 드는 것 같아 주저하는 내게 그가 재촉했다.

"꽃밭을 찾아가는 거야. 조금 더 가면 꽃밭이 있지."

정말로 조금 더 가자 꽃이 지천이었다. 토끼풀, 개망초꽃, 어성초꽃, 싸리나무꽃…… 홍자색 꽃이 흐드러지게 핀 싸리나무 아래에 그는 벌통을 부렸다.

벌통에서 멀지 않은 곳에서 마씨와 내가 알몸으로 나뒹구는 동안 벌들은 꿀을 따 날랐다. 고슴도치 같은 그의 머리 위로 벌들이 날아다니는 것을 나는 꿈을 꾸듯 바라보았다.

"당신 아내가 그러데. 나비를 기르면 좋을 거라고. 나는 나비가 벌보다 무서워. 우리 할머니가 나비 때문에 눈이 멀었거든. 도라지밭을 날아다니던 흰나비의 날개에서 떨어진 인분이 눈에 들어가서⋯⋯"

"해숙은 착한 여자야."

"착한 여자는 세상에 저 벌들만큼 널렸어!"

"널렸지만 착한 여자와 사는 남자는 드물지."

여름내 마씨와 내가 벌통을 들고 산속을 헤매는 동안 해숙은 아들과 집을 보았다. 우리가 돌아오면 그녀는 서둘러 저녁 밥상을 차려내왔다. 먹성이 좋은 마씨를 위해 그녀는 돼지고기와 김치를 잔뜩 넣고 찌개를 끓였다. 그녀에게 나는 산속에 꽃밭이 있다고 알려주었다. 벌과 나비가 어울려 날아다니는 꽃밭이.

"우리도 데려가면 안 돼?"

그녀는 꽃밭을 보고 싶어했다.

"꽃밭까지 가는 길이 험해서 안 돼. 가는 길에 무덤이 얼마나 많은 줄 알아? 무덤들 중에는 내 아버지 무덤도 있지."

"근데 읍내 정육점 여자가 내게 묻더라."

"뭘?"

"사내 하나에 계집 둘이 어떻게 붙어사느냐고."

"미친년!"

"정말 미친년이야. 내가 살코기하고 비계하고 반반씩 섞어 달라고 했는데, 순 비계로만 줬지 뭐야."

눈치챘던 걸까. 아니면 벌과 나비가 어울려 날아다니는 꽃밭을 보고 싶었던 걸까.

그날도 마씨와 나는 벌통과 함께 산에 들었다. 해숙이 우리를 몰래 뒤따르는 것을 알아차렸지만 나는 모르는 척했다. 해숙은 산벚나무 뒤에 숨어 마씨와 내가 토끼풀밭 위에서 알몸으로 나뒹구는 것을 지켜보았다.

날이 어두워져 집으로 돌아왔을 때 아들은 마당에서 혼자 울고 있었다. 부엌 도마 위에는 해숙이 정육점에서 끊어온 돼지고기가 덩그러니 놓여 있었다. 돼지고기에서 흐른 핏물에는 파리들이 들끓었다.

엿새 뒤 해숙은 아버지의 산자락에 자리한 저수지에서 떠올랐다. 외지 낚시꾼들이 그녀를 발견하고 그물로 건져올렸다고 했다. 마씨는 해숙을 화장해 꽃밭에 뿌려주었다.

죽은 아버지가 남기고 간 산을 두고 오빠들 사이에 분쟁이 일어난 것은 그즈음이었다. 서울 가락시장에서 과일 도매업을 하는 큰오빠가 장남의 권한으로 산을 팔려고 하자 작은오빠들이 들고일어났다. 어려서부터 무엇이든 서로 더 갖기 위해 싸우곤 하던 오빠들은 서로 산을 차지하기 위해 소송을 벌였다. 한덩어리이던 산을 갈기갈기 찢어 각자 오천 평씩 나누어 가지면서 딸인 내게는 단 한 평도 주지 않았다. 오빠들은 오히려 유부남이던 마씨와 놀아나 죽은 아버지를 욕보였다며 나를 비난했다.

마씨는 벌통들과 아들과 나를 트럭에 태우고 도망치듯 내 죽은 아버지의 집을 떠났다.

푸른빛이 감돌던 새벽의 고속도로 위에서 나는 그에게 물었다.

"어디로 가는 거야?"

"꽃밭을 찾아가는 거야."

                              *

동시다발로 터지는 화약처럼 벌통 네 군에서 분봉이 터진다. 오늘 아침, 나는 그러잖아도 분봉이 터질 것 같다고 아들에게 말했다. 온종일 벌통들만 바라보아서일까. 나는 벌통 안에서 벌어지는 일을 훤히 꿰고 있다.

"내가 뭐라고 했니?"

아들은 서둘러 유인봉상을 가져와 분봉이 터진 벌통들 위에 모자를 씌우듯 얹는다. 참나무 굴피로 만든 유인봉상은 두부판 모양의 상자로, 벌들이 분봉할 때 유인하기 위해 고안한 기구다. 벌들은 새 여왕벌과 함께 분가할 때 자신들이 떠난 벌통 근처에 일단 자리를 잡는다. 분가하는 벌들이 엉뚱한 곳에 자리잡는 것을 막기 위해 벌통 가까이 유인봉상을 설치하는 것이다. 대개는 벌통 근처 약간 높은 나뭇가지에 매달아놓지만, 아들은 벌통 바로 위에 유인봉상을 설치한다. 벌들이 흩어지는 것을 막기 위해 벌통 전체에 하얀 모기장을 두른다.

모자처럼 생긴 유인봉상을 머리에 쓰고, 하얀 모기장을 얼굴에 뒤집어쓴 벌통들은 결혼식을 앞둔 신부들 같다.

"베트남 신부들 같구나."

내 말에 아들이 피식 웃는다.

"넷 다하고 결혼할 수는 없으니 하나를 고르렴."

"넷 다 못생겼어요."

아들이 투덜거린다.

"못생겼지만 다들 착하지."

"이 세상에 엄마처럼 착한 여자는 없어요."

"엄마?"

"엄마……"

나는 하마터면 어떤 엄마를 말하는 거냐고 물을 뻔했다. 설마 해숙을 기억하는 걸까. 아들이 내게 친엄마인 해숙의 이야기를 꺼낸 적이 있던가. 아들은 철저히 나를 그녀로 믿고 자랐다.

마씨가 살아 있었다면 베트남 신부를 구해서라도 아들을 장가보냈을 것이다. 계집애처럼 숫기가 없고 왜소한 아들을 그는 못마땅해했다.

"널 닮았으면 좋았을 텐데."

마씨가 한탄할 때마다 나는 말했다.

"내가 낳지 않았는데 어떻게 날 닮겠어."

마씨는 벌을 무서워하는 아들을 질책하면서도 아들과 함께 양봉업을 크게 일으키고 싶어했다.

마씨와 아들, 그리고 나. 셋이 산속에 들어 꿀을 뜨던 날들이 떠오른다. 정말이지 꿈같은 날들이었다. 마씨는 바람이 거의 불지 않는 고요한 밤, 마을 사람이 모두 잠들기를 기다렸다가 산에 들어 꿀을 떴다. 마씨는 스무 개가 넘는 백열전구를 나뭇가지에 매달고 발전기로 불을 밝혔다. 백열전구들에 일제히 주황빛 불이 들어오는 순간, 내 목구멍에서는 절로 탄성이 터져나왔다. 백열전구 불빛에 놀라 깨어난 새들이 발작적으로 울었다. 꿀을 뜨는 동안 산이 다디단 꿀냄새로 진동하고 황금빛으로 물들었다. 여명이 전구 불빛에 섞여들 즈음에야 꿀 뜨는 일은 끝이 났다.

아들은 마씨가 그랬듯 밤에 꿀을 뜬다. 이제 시작인 여름이 가고, 선선한 바람이 불기 시작하면 아들은 대여섯 개의 백열전구를 밝히고 혼자 꿀을 뜰 것이다.

분봉이 잘 이루어져 벌통이 네 군이나 는다. 벌통이 늘어난 것을 알아차린 늙은이는 부쩍 욕심이 나는지 날마다 흙집을 찾아온다.

오후 내내 틀어둔 라디오에서 도심에 벌떼가 출몰했다는 소식을 전한다. 나는 어쩔 수 없이 신기루처럼 사라진 백만여 마리의 벌을 떠올린다. 아들도 마찬가지인지 재빨리 라디오 볼륨을 높인다. 라디오에서는 연일 벌떼가 도심에 나타났다는 소식을 전한다. 벌떼가 가로수나 전봇대, 심지어 아파트 베란다 안에 집을 지어 사람들을 두려움에 떨게 한다고 한다. 벌떼가 도심까지 진출하는 것은 무분별한 개발로 서식지가 파괴된데다 따뜻한 곳을 좋아하는 벌의 습성 때문이다. 주파수가 잘 맞지 않아 라디오는 잡음으로 들끓는다. 그 소리가 내게는 벌떼가 내는 소리로 들린다.

저녁을 먹는데 마루 처마에 매단 전구가 나간다. 늙은이가 작정하고 전기를 끊었거나 전선이 저절로 끊어진 게 틀림없다. 나는 더듬더듬 방으로 들어가 초를 찾아 가지고 나온다. 초 심지에 불을 붙여 어둠을 몰아낸다. 아들의 얼굴 가까이 촛불을 가져가던 나는 비명을 지른다. 너울거리는 불빛 속에서 아들이 아니라 마씨의 얼굴이 씩 웃고 있어서.

*

트럭 시동이 걸리지 않는데다 하루종일 비바람이 휘몰아친다. 아들과 나는 벌들과 함께 흙집에 고립된다. 나무들이 광란의 축제를 벌이듯 사납게 뒤척인다. 어제까지만 해도 정신없이 꿀을 나르던 벌들이 벌통 속에서 꼼짝을 않는다. 벌들을 위해서는 한 일주일 맑은 날이 이어져야 한다. 지천으로 널린 꽃들이 허무하게 져서야 되겠는가.

까막산을 통째로 날려버릴 기세인 비바람을 피해 아들이 내 이불 속으로 들어온다. 돌처럼 단단한 아들의 얼굴이 내 겨드랑이로 파고든다.

아들이 두 팔로 내 몸을 감아오며 주문을 외듯 말한다.

"어머니는 시체처럼 가만히 있으면 돼요……"

나무가 쓰러지는 소리가 들린다. 나뭇잎들이 동굴에서 몰려나온 박쥐떼처럼 허공을 날아다닌다. 수돗가 양은 세숫대야가 마당에 나뒹굴고, 부엌 문짝이 연신 벽을 때린다. 송곳같은 비가 마루까지 들이친다. 놀란 쥐들이 무리 지어 천장을 뛰어다닌다.

아들이 이로 내 목덜미를 물어뜯는다. 비명을 지르는 내 몸을 거칠게 흔들어대더니 한순간 깔아뭉개듯 내 몸을 타고 오른다.

수없이 많은 밤, 수없이 많이 내 몸뚱이를 내어주었지만 아들이 내 몸 위로 올라온 것은 처음이다. 아들은 늘 내 뒤에 매미처럼 매달려 자신이 원하는 것을 얻었다.

"벌통들이 날아가겠구나!"

"시체처럼 가만히 있으라고 했잖아요!"

헐떡이던 아들이 주먹으로 내 머리를 갈긴다.

아들의 성기는 내 허벅지와 허벅지 사이가 아니라 음모 위에 있다. 꽃이 다 진 민둥산처럼 휑한 그곳에.

"아아, 벌통들이 다 날아가겠구나! 벌통들이 다 날아

가……!"

  그것은 어쩌면 사고가 아니었을지 모른다. 구 년 전 그날 백 군에 달하는 벌통을 싣고 달리던 트럭 운전석에는 마씨가 아니라 아들이 앉아 있었다.

                    *

  가냘픈 듯 집요한 새소리를 듣고 깨어나니 세상은 더없이 맑고 고요하다. 흙집과 벌통들은 무사하다. 정오 즈음 늙은 이가 흙집을 찾아온다. 아들이 늙은이에게 줄 벌통을 트럭 적재함에 싣는다. 벌통을 놓기에 더없는 명당자리를 알고 있 다고 아들이 늙은이에게 말한다. 벌통이 열 군, 스무 군으로 늘어나는 것은 시간문제라고.
  늙은이를 트럭 조수석에 태우고 아들은 까막산을 내려간다.

  ……대전과 통영을 잇는 고속도로에서였다. 진안 부근을 지날 때, 아들이 운전하던 트럭은 난간을 들이받고 전복되었 다. 난간 아래는 수십 미터 낭떠러지였다. 만약 트럭이 난간 밑으로 추락했다면 아들과 나는 살아남지 못했을 것이다. 부 서져 도로 바닥에 널브러진 벌통들에서 벌들이 연기처럼 일

었다. 한낱 신기루처럼 사라지기 전 벌들은 군무를 추었다. 아비규환의 고속도로 위에서 이백만여 마리의 벌이 그리는 군무는 장관이었다. 벌떼의 군무는 나비떼나 새떼의 군무와도, 땅 위 개미떼나 물속 물고기떼가 그리는 군무와도 달랐다. 벌떼는 흩어지고 모이는 동시에 공중으로 솟구치고 곤두박질쳤다.

혼절한 아들의 머리를 끌어안고 나는 모든 걸 지켜보았다. 전복되며 게처럼 찌그러진 차에서 기어나와 비명을 지르던 사람들의 얼굴을…… 두 눈을 부릅뜬 채 피를 흘리는 마씨의 얼굴이 흥분한 벌들에 삼켜지는 것을……

살았지만 나는 척추를 다쳐 두 다리를 영영 못 쓰게 되었다.

오후 느지막이 아들이 돌아온다. 아들은 혼자가 아니다. 트럭 조수석 문이 열리더니 웬 여자애가 쭈뼛쭈뼛 내린다. 팔다리가 앙상하고 피부가 까무잡잡한 여자애는 스무 살도 안 되었지 싶게 얼굴이 앳되다. 여자애는 겁을 먹어 눈깔사탕만큼 커다래진 눈동자를 굴리며 벌집들을 바라본다.

나는 아들에게 묻는다.

"저애는 누구냐?"

"베트남 신부요."

"저애를 어디서 데리고 온 거냐?"

"파스 공장 앞에 혼자 서 있어서 데리고 왔어요."

"인물이 별로구나."

"못생겼지만 착해요."

아들이 피식 웃는다.

여자애가 비치적비치적 마루로 걸어오더니 내 머리맡에 엉덩이를 붙이고 앉는다. 내 머리맡 대접을 들더니 그 안의 꿀물을 아껴가며 마신다. 그런데 여자애의 배가 불러 있다. 아들은 여자애의 뱃속에서 아비가 누구인지도 모르는 애가 자라고 있다는 걸 알고서 데려온 걸까.

"못생긴 게 해숙을 닮았구나……"

"해숙?"

여자애가 누런 이를 드러내고 모깃소리 같은 소리로 묻는다.

"해숙……"

꿀물을 다 마신 여자애가 졸기 시작한다.

해숙이 죽고, 가장 슬퍼한 사람은 나였다. 나는 어머니의 뱃속에서부터 함께이던 쌍둥이 자매를 잃은 것 같은 극심한 고통을 느꼈다. 그녀를 화장해 산에 뿌린 지 닷새 만에 내 이불 속으로 기어들어온 마씨에게 나는 경고하듯 말했다.

"나는 착하지 않아."

"하지만 너는 벌을 무서워하지 않지."

그제야 나는 그가 착한 여자가 아니라, 자신을 도와 벌을 번성시킬 여자를 원한다는 것을 알았다. 그가 필요로 하는 여자는 해숙이 아니라 나였다. 내 오빠들이 쫓아내지 않았다면 나는 마씨를 도와 죽은 아버지의 산을 양봉 농장으로 번성시켰을 것이다. 고향 산은 꽃들과 벌들 천지가 되었을 것이다. 이제야 드는 생각이지만 마씨도 눈치채지 않았을까. 그날 벌통을 들고 산속으로 드는 우리 뒤를 해숙이 몰래 뒤쫓는 것을.

아무래도 두번째 벌통이 심상치 않다. 꿀 채취에 여념이 없어야 할 일벌들이 하나둘 벌통으로 모여든다. 나는 아들에게 두번째 벌통에 감도는 이상한 낌새를 알리지 않는다. 아들이 알아차릴 때까지 나는 모르는 척할 것이다. 여전히 내가 하는 일이란 마루에 누워 벌통들을 살피는 것이다. 두번째 벌통에서 심상치 않은 일이 벌어지고 있다는 걸 알아차린 아들이 그 벌통으로 다가간다.

나는 어쩐지 아들이 내게 살아 있는 여왕벌을 가져다줄 것 같다. 언젠가 그런 날이 오리라 예견했지만 막상 오늘이 그 날이라고 생각하니 두렵다. 아들이 살아 있는 여왕벌을 가져 다주면 그것을 삼켜 내 몸속에 출방시키리라, 수없이 다짐했 으면서도.

나는 마당 너머 벌통 앞에 앉아 있는 아들의 등에 대고 묻 는다.

"내가 올해 몇 살이냐?"

"서른아홉 살이잖아요."

공교롭게도 마씨가 해숙과 아들을 이끌고 나를 찾아왔을 때 내 나이가 서른아홉이었다. 나는 아들에게 더는 나이를 묻지 않는다.

그렇게, 내 나이는 영원히 서른아홉에 머물러 있다.

피의 부름

그들이 백사장의 승합차를 타고 떠나온 것은 밤 아홉시가
조금 지나서였다. 운전은 백사장이 했다.
　　승합차가 출발하자마자 곯아떨어진 김씨의 덥수룩한 머리
가 그의 어깨를 툭 쳐오고.
　　"그래 그…… 맛이 어때?"
　　최씨가 안달한다.
　　"속이 뒤집히도록 비리지."
　　장씨가 한쪽 눈을 찌그러뜨리고 의뭉스레 중얼거린다.
　　김씨의 머리가 또 그의 어깨를 툭 쳐오고.
　　승합차의 흔들림이 심한데다, 역방향으로 실려가고 있어
그는 슬슬 멀미가 난다. 출발 전 연거푸 넉 잔이나 마신 소주

가 안주로 먹은 동태찌개 국물과 섞여 신물처럼 올라오는 게.

"아버지, 저 앞에 누가 있어요."

변성기에 접어든 목소리가 들려오기 전까지 그는 승합차에 백사장의 아들 은섭도 타고 있다는 걸 잊고 있었다. 은섭은 혹시나 어른들이 자신을 떼어놓고 갈까봐 일찌감치 조수석을 차지하고 앉아 있었다. 그는 그것도 모르고 조수석 문을 열었다가 까무러치게 놀랐다. 어린 게 어쩌나 빤히 쳐다보던지.

"저 앞에요."

"아무도 없는데 누가 있다고 그러냐?"

"저 앞에⋯⋯"

은섭이 두 손을 활짝 펼쳐 얼굴을 가린다.

닷새 전 밤이었다. 소복소복 눈이 내리던 그날 밤, 그들은 백사장의 대성지업사에 모여 고려보쌈에서 배달시킨 보쌈을 안주로 소주를 마셨다. 벽지 카탈로그와 화투, 소주병, 두루마리 화장지, 나무젓가락, 소주잔 등이 그들이 둘러앉은 탁자와 소파에 난잡하게 널려 있었다. 둘둘 만 장판지와 벽지들이 그들을 포위하듯 둘러싸고 있었다.

지업사에 딸린 동굴 같은 방에서는 백사장의 아내와 은섭

166

이 보쌈에 딸려온 막국수와 메밀김치전을 먹고 있었다.

그리 늦은 밤도 아닌데 대성지업사 앞 골목에 사람이라곤 그림자 하나 없었다. TV가 저 혼자 떠들고, 장씨는 연신 꽁초 수북한 재떨이에 가래를 뱉고, 최씨는 두루마리 화장지를 뜯어 코를 풀었다. 가스난로를 켜놓아 공기 중에 짙은 가스 냄새가 났다.

백사장 아내의 한탄이 들려온 것은 그들이 소주를 아홉 병째 땄을 때였다.

"우리 은섭이가 만날 시름시름 앓으니 큰일이지 뭐예요."

백사장의 외아들인 은섭은 아프지 않은 날이 없었다. 아무 데나 코피를 흘려 멀쩡한 도배지를 버려놓고는 했다. 백사장의 아내는 그런 아들을 갓난아기처럼 노상 품에 안고 살며, 밥도 떠먹여주었다.

"노루 피를 먹여보지 그래."

장씨가 백사장의 소주잔에 소주를 따르며 넌지시 말했다.

"노루 피?"

백사장이 몽롱하게 풀려 있던 눈동자를 빛내며 물었다.

"내가 삼십 년 전에 제대하고 늑막염에 걸려 다 죽어가다가 노루 피 한 사발 먹고 살아났잖아. 큰매형이 엽총을 한 자루 가지고 있었거든⋯⋯ 도배장이로 썩어가고 있지만 한때 큰매형 따라다니며 사냥 좀 했지."

"야생동물이라 기생충이 있을지도……"

그가 자신 없이 중얼거리는 소리를 무시하고 장씨가 말했
다.

"아이 못 낳는 여자가 마시면 아이가 들어선다는 게 노루
피잖아."

장씨는 보쌈에 딸려온 동치미 국물이 노루 피라도 되는 듯
후루룩 들이켰다.

"죽은 노루가 아니라 살아 있는 노루 모가지에서 받은 피
를 마셔야 한다면서요?"

백사장의 아내가 물었다.

"우리 옥여사님이 역시 뭘 좀 아시네."

장씨가 방 쪽에 대고 너스레를 떨었다. 성이 옥씨인 백사
장의 아내를 도배장이들은 옥여사라고 불렀다.

"노루 뼛골즙으로 술을 빚어먹으면 살결이 백옥 같아진다
던데……"

백사장의 아내가 한탄했다.

눈발은 점점 굵어지고 있었다. 얼근히 취한 탓인지 그는
눈발 속을 조금만 걸어나가면 설원이 펼쳐질 것 같았다.

"큰매형한테 얻은 엽총 한 자루가 장롱 속에서 썩어가고

있는데······"

장씨가 혼잣말처럼 중얼거렸다.

"내가 아는 데가 있는데 말이야. 두수리라고."

백사장이 장씨의 얼굴에 자신의 얼굴을 바짝 들이밀고 말했다.

"두수리?"

최씨가 솔깃해했다.

"만년 대학생들처럼 죽치고 술이나 퍼마실 게 아니라 노루 사냥이나 갈까?"

백사장의 제안에 가장 흥분한 사람은 백사장의 아내였다.

"은섭 아빠, 노루 모가지를 따자마자 우리 은섭이 입에 제일 먼저 흘려넣어주어야 해요. 중학교에 다니려면 책가방 멜 기운이라도 있어야 할 거 아니에요. 우리 은섭이처럼 어리고 순한 노루 피면 좋을 텐데······"

백사장의 아내는 해죽 웃고는 시뻘건 막국수를 나무젓가락으로 건져 암홍색 립스틱을 짙게 칠한 입으로 가져갔다. 막국수를 고추장이 아닌 노루 피에 버무린 것만 같아 빤히 바라보고 있는데 그녀가 정색을 하고 말했다.

"어머나, 우리 곽씨 얼굴 좀 봐. 낯빛이 창백한 게 정말 노루 피 한 사발 쭉 들이켜야겠네."

말끝에 그녀는 입을 찢듯 벌리고 웃었다. 오지랖이 넓고 아는 것이 많아 병인 그녀는 도배장이들을 우리 곽씨, 우리 김씨, 우리 정씨라 부르며 자신의 손아귀에 넣고 쥐락펴락했다. 간이라도 빼줄 것처럼 애교가 넘쳐났지만, 잇속에 빨라 단돈 십 원도 손해를 보지 않았다. 백사장이 삼거리 목 좋은 곳에 지업사를 내고 사장 소리를 들으며 이만큼 사는 것은 순전히 그녀의 수완 덕분이었다.

그는 정말로 노루 사냥을 오리라고는 생각도 못했다. 다들 소주 기운에 들떠 실없이 주고받은 소리인 줄로만 알았다. 소주로도 달래지지 않는 지루함과 곽곽함을 잠시나마 잊기 위해서. 아무리 비수기라지만 도배 일이 없어도 너무 없었다. 저녁 일곱시쯤 중무장하고 대성지업사로 오라는 전화를 최씨에게 받았을 때도 그는 반신반의했다. 건달패처럼 하릴없이 모여 술을 퍼마시거나 화투장이나 뜯겠지 했는데, 그게 아니었다.

노루 피라니…… 소름 끼쳐 하면서도, 그가 거절을 못하고 선뜻 따라나선 것은 따돌림을 당할까봐서였다. 백사장을 비롯한 도배장이들과 통성명을 하고 지낸 지 겨우 반년 남짓이었다. 도배 경력이 삼사십 년인 그들과 달리 그는 고작 이년 남짓이었다. 그는 그들이 도배 일을 나갈 때 뒷모도로 따

라나가 도배 기술을 익히는 중이었다. 수십 년을 알고 지내
죽마고우처럼 흉허물 없는 그들과 좀처럼 섞이지 못하고 홀
로 겉도는 듯한 소외감을 떨치기가 어려웠다. 그들 중 유일
하게 사 년제 대학교를 나왔음에도 불구하고 기가 죽었다.
도배장이들에게 사장 소리를 들으며 거들먹거리는 백사장만
해도 고등학교 중퇴였다.

　백사장의 승합차를 타고 한밤의 외진 국도를 달리는 것이
얼마나 위험천만한 일인지, 그는 구리 시내를 벗어나기 전에
깨달았다. 한낮에도 영하 십 도를 밑도는 한파와 잦은 폭설
탓에 국도는 숫돌에 간 식칼처럼 반질반질 빙판이 졌을 것이
었다. 백사장의 승합차는 보험도 들지 않은데다 폐차 직전이
었다. 애꾸눈처럼 한쪽 전조등이 나가버린 승합차를 백사장
은 인정사정없이 내몰았다.
　"두수리라……"
　그가 중얼거리는 사이에 사고 다발 지역임을 알리는 반사
표지판이 순식간에 지나간다.
　생전 처음 들어본 두수리라는 곳이 어디쯤 붙었는지, 따라
서 그들이 사는 구리시에서 얼마나 떨어졌는지 그는 짐작조
차 가지 않았다.

"두수리 두 자가 머리 두頭인가?"

최씨가 묻는다.

"두 자는 머리 두라 치고, 수는 뭔 수래?"

장씨가 그를 건너다본다.

"두가 머리 두면, 수는 당연히 짐승 수獸겠네."

최씨가 히죽 웃는다.

그의 머릿속에 지명 몇 개가 연달아 떠오른다. 산의 형상이 닭의 발 모양을 닮았다 하여 계족鷄足산, 섬 모습이 소가 누워 있는 것 같다 하여 우도牛島, 마을이 학이 나는 형상이라 하여 학산鶴山면.

"설마 마을 이름에 짐승 수를 쓰지는 않았겠지……"

그가 중얼거리는 소리를 장씨가 무시하고 말한다.

"잊을 수가 있어야지."

"뭘……?"

"눈깔 말이야. 빨대로 피를 쪽쪽 빨아먹는 내내 노루가 눈깔을 치뜨고 나를 어찌나 빤히 쳐다보던지…… 빨대로 그 눈깔을 찔러버리고 싶었다니까."

장씨가 그를 건너다보며 능글능글한 웃음을 흘린다. 평소 장씨가 하는 말의 구십 퍼센트는 구라였다. 그런데 문제는 틀림없이 구라겠지 하는 말 중에 더러 사실도 있다는 데 있

172

었다.

박씨만 함께 왔어도…… 그는 오늘따라 박씨의 부재가 아
쉽다. 다섯 달 전까지만 해도 그들 무리 중 하나였던 박씨는
백사장과 사이가 단단히 틀어지는 바람에 다른 지업사로 가
버렸다. 작년 가을, 이사철이라 도배 일거리가 적잖을 때 박
씨가 다른 지업사 일을 해주느라 대성지업사 일을 못 맞춰
준 적이 서너 번 있었다. 그때마다 백사장에게 고향에 다녀
올 일이 있다고 대충 둘러댔는데, 최씨가 눈치를 채고는 그
사실을 백사장에게 고자질한 것이다. 최씨가 모르는 척 넘어
갔더라면, 그래서 백사장과 박씨의 사이가 틀어지지 않았더
라면, 틀림없이 오늘밤 박씨도 함께 노루 사냥을 떠나왔을
것이었다. 더구나 박씨는 그를 대성지업사에 소개시켜준 이
였다. 주변머리는커녕 숫기마저 없는 그가 장씨나 최씨, 백
사장과 그럭저럭 어울려 지낼 수 있었던 것은 박씨 덕분이었
다. 신문사 광고국에 다니다 정리해고를 당한 뒤 육 년 넘게
실업자로 지낸 그에게, 도배 기술을 배워보라고 적극 권유한
이 역시. 성실하기만 하면 밥은 먹고 살 수 있다는 말에 그는
마흔아홉 살 되던 해 도배 기술을 배웠다.

김씨의 머리가 또 그의 어깨를 툭 쳐오고.

그는 김씨가 깨어나지 않는 것이 아무래도 불안하다. 한

달 전 김씨를 따라 도배를 나간 날이 떠오르는 게.

김씨는 평소 아내를 뒷모도로 데리고 다녔다. 그 여자는 젊어서부터 남편을 따라다녀 반도배장이였다. 그런데 그날은 아내가 친정에 갔다며 그를 뒷모도로 데리고 갔다. 보름 넘게 손놓고 빈둥거리던 터라 그는 감지덕지했다. 도배를 나간 집은 방 두 칸짜리 반지하였다. 한참 비워두었는지 벽은 곰팡이 천지였다. 그가 걸레로 곰팡이를 훔치는 동안, 김씨는 풀을 개고 벽지를 잘랐다. 그가 곰팡이를 대충 거의 다 닦아냈을 때 김씨는 잠들어 있었다. 잠깐 눈을 붙이고 깨어나겠지 했는데, 두 시간이 훌쩍 지나도록 깨어나지 않았다. 아무리 흔들어도 깨어나지 않아 그는 하는 수 없이 혼자서 방두 칸을 도배했다.

"가만있자, 우리가 전부 일곱 명이지?"

최씨가 그를 쳐다보고 말한다.

"여섯 명 아니야……?"

"일곱 명이잖아. 우리 은섭이까지."

백사장이 말한다.

"그런가……"

그는 자신 없는 목소리로 중얼거린다.

그러나 승합차에 타고 있는 사람은 여섯 명이다. 백사장, 김씨, 장씨, 최씨, 은섭 그리고 그 자신까지.

그는 세상모르고 잠든 김씨를 원망스럽게 쳐다본다. 김씨만 깨어 있어도…… 김씨는 융통성은 없어도 사람이 순하고 악의가 없었다.

다들 속으로, 은섭까지 자신을 비웃는 것 같은 게, 따라오는 게 아니었다고 후회하지만 이미 엎질러진 물이었다. 그는 으슬으슬 한기가 나는 게 몸살이 날 것 같다. 히터가 고장난 승합차는 말 그대로 냉동 창고다.

그는 자신들이 과연 노루를 잡을 수 있을까 의심스럽다. 변두리 지업사에서 그날그날 도배 일을 받아다 먹고사는 도배장이들이 아닌가. 최씨는 더구나 재작년 위를 반 넘게 잘라낸 위암 환자였다. 잘 먹지 못해 쇠꼬챙이처럼 말랐는데도 이틀이 멀다 하고 술이었다. 장씨는 사 년 전 뇌출혈로 쓰러졌고, 고기라면 환장하는 백사장은 당뇨에 고혈압까지 있었다. 김씨는 개미 한 마리 못 죽이는 위인이었다.

등산화를 챙겨 신고 야전잠바 같은 외투를 걸친 모습들은 그러나 제법 사냥꾼들 같다. 장씨는 특별히 장만했는지 귀마개 달린 벙거지까지 푹 눌러쓰고 있다. 능글능글한 눈빛에 살기마저 감도는 게 엽총을 들려주면 당장 승합차 밖으로 뛰어나가 노루를 한 마리씩 잡아올 것 같다.

그러잖아도 그는 전날 밤 아홉시 뉴스를 통해 불법 사냥꾼들이 기승을 부린다는 소식을 전해 들었다. 뉴스에서는 덫에 발목이 물린 노루가 고통스럽게 몸부림치는 자료 화면까지 내보냈다.

"불법이라던데……"

말하는 순간 그는 아차 싶다.

"불법?"

장씨가 그를 흘끔 쳐다본다.

"불법이라고 아홉시 뉴스에서 들은 것 같아서……"

"법 없이도 사는 우리가 불법 한번 저질러보겠다는데, 왜? 안 되나? 우리가 남 등쳐먹고 사는 사기꾼들도 아니고, 뼈빠지게 일해 근근이 먹고사는 선량하디 선량한 우리가 불법 한번 저질러보겠다는데."

듣고 보니 장씨의 말이 틀린 말은 아닌 것 같아 그는 비굴하게 중얼거린다.

"그거야 그렇지……"

장씨만 해도 성정이 불같고 의뭉스러워서 그렇지 사기꾼은 아니었다. 수다스럽고 이간질을 잘하는 최씨 역시. 백사장도 허풍이 좀 있다 뿐이지 사기꾼은 아니었다. 김씨는 법

없이도 살 사람이었다.

그는 될 대로 되라는 심정이다. 안달해봤자 백사장이 승합차를 돌려 구리로 되돌아갈 리 만무했다. 그다지 멀지 않다고 했으니 벌써 두수리에 거의 다 왔는지도 모른다고 그는 스스로를 체념시키려 애쓴다. 혹시 알아? 설야를 뛰어다니다보면 답답한 속이 좀 풀릴지…… 그러잖아도 그는 벽돌 한 장이 가슴을 누르고 있는 것처럼 답답하다. 딸은 고등학교 3학년이 되고, 은섭과 동갑인 아들은 중학교 입학을 앞두고 있다. 집주인은 전세금을 천만 원이나 올려달라고 성화였다. 아내가 보모 일을 하고 벌어오는 돈으로는 한계가 있었다. 중학교 때까지 곧잘 나오던 성적이 떨어진 것을, 딸은 무능한 아버지 탓으로 돌렸다. 일주일 전 스마트폰을 압수당한 뒤로 딸은 그와 눈조차 마주치지 않으려고 했다. 거실에서 TV를 보다가도 그가 안방에서 나오면 제 방으로 들어가버렸다. 작년 가을부터 아내는 무릎에 관절염이 와 다리를 절룩였다. 밤만 되면 무릎이 송곳으로 후벼파듯 쑤신다고 했다. 겨울로 접어들면서 관절염이 더 심해져 매일 물리치료를 받았다.

"인간들이 소, 돼지는 처먹으면서 노루는 왜 안 처먹나 몰라."

"그러게……"

듣고 보니 장씨의 말이 맞는 것 같아 그는 맞장구를 쳐준다.

국도 위 어둠이 짙어서인지 그는 백사장의 승합차가 두수리가 아닌 수렵 시대를 향해 내달리고 있는 것 같다. 만약 그렇다면 승합차는 어디쯤 달리고 있을까? 철기 시대? 철기 시대 이전이 청동기 시대던가? 이왕 돌아갈 거면 돌덩이로 도끼를 만들어 쓰던 시대로 돌아가는 게 낫지 않을까? 동굴 속에서 생활하며 짐승을 잡아먹고 살던 원시의 시절이 좋았는지 모르지. 어둠과 추위, 배고픔, 맹수…… 차라리 그것들과 싸우는 게 나을지도. 동굴 생활을 하던 원시인들은 치솟는 전세금이나 도시가스비, 휴대전화 요금 따위로 근심하지는 않았을 테니.

그가 볼 때 장씨야말로 수렵 시대에 딱 들어맞는 인간이다. 한 일주일은 면도를 하지 않았는지 수염이 덥수룩한 게. 어쨌든 일만 년 전 수렵을 즐기던 원시인들의 유전자와 피가 장씨의 몸에 버젓이 흐르고 있을 것이었다.

"인간이 본디 타고난 사냥꾼 아니겠어."

그의 말에 장씨가 눈을 홉뜨고 관심을 보인다.

"빙하기에 왜 대형 짐승들이 한꺼번에 멸종했잖아."

"빙하기?"

최씨가 묻는다.

그는 속으로, 최씨가 빙하기가 뭔지도 모르는 게 분명하다고 자신한다. 그리고 최씨가 모르는 걸 장씨나 백사장이 알리 만무하다고. 저들 중 교양서 한 권 제대로 읽은 인간이 어디 하나라도 있는가. 평소 그는 도배 기술을 따라가려면 한참 멀었지만, 교양 면에서는 자신이 그들보다 열 배, 백 배 낫다는 우월감으로 버텨오고 있었다. 더구나 취미가 독서라 그는 요즘도 한 달에 한두 권 도서관에서 책을 빌려다 봤다. 신문사 광고국에 다니던 시절에는 독서 모임도 두 개나 했었다.

"만 년 전이지…… 그게 아마…… 지구에 빙하기가 찾아왔었잖아."

"별게 다 지구에 찾아왔었군. 근데?"

장씨가 그를 쳐다본다.

"중위도까지 빙하가 존재할 만큼 한랭한 기후 때문에 매머드나 큰이빨호랑이 같은 대형 짐승이 멸종한 줄 알고 있는데 인간 때문이라지 뭐야."

"인간이 뭔 짓을 했는데?"

장씨가 대뜸 묻는다.

"타고난 사냥꾼인 인간이 짐승을 닥치는 대로 잡아 씨를 말려버렸기 때문이라지 뭐야. 사냥을 하려고 숲을 불태우는 바람에 대형 짐승들이 굶주리고 기후변화까지 와서 멸종했다고……"

"씨를 말렸군."

백사장의 웃음소리가 그의 어깨를 타고 건너온다.

장씨가 잠바 주머니에서 일회용 라이터를 꺼내더니 켰다 껐다 한다. 김씨의 머리가 또다시 그의 어깨를 툭 쳐오고.

최씨가 잠바 주머니에서 휴대전화를 꺼내 자신의 귀로 가져간다.

주파수가 맞지 않아 지지직거리던 라디오에서 노래가 흘러나온다. 심수봉이 부르는 〈백만 송이 장미〉다. 승합차가 터널 속으로 빨려들어가면서 라디오가 심하게 지지직거린다. 최씨가 통화하는 소리가 방언처럼, 주문처럼 승합차 안에 떠돈다. 다들 술이 떡이 돼 노래방에서 광란을 떨던 모습이 그의 머릿속에 떠오른다.

그게 작년 마지막날이었다. 송년회랍시고 돼지한마당에서 1차를 하고 동심초노래방으로 몰려갔다. 백사장이 마이크를 잡자마자 다들 자리에서 일어나 엉덩이를 흔들고, 발을 구르고, 탬버린을 부술 듯 흔들었다. 노래방 천장에 매달린 조명은 빙글빙글 돌아가며 무지개 빛깔 불빛을 내쏘고. 그러고 보니 백사장의 아내가 〈백만 송이 장미〉를 부른 것도 그날이었다. 그들이 두 시간 넘게 지랄을 떨어대는 동안 그는 노래

한 곡 안 부르고 소파 구석에 조용히 찌그러져 구경만 했다. 서비스 시간을 거듭 넣어주는 동심초노래방 사장을 속으로 한없이 원망하며.

통화하는 최씨의 소리가 방언이나 주문처럼 들릴 정도로 빠르고 격해진다.

김씨의 머리는 그의 어깨를 연신 툭 쳐오고.

"아버지, 아버지……"

은섭의 금방이라도 숨이 넘어갈 것 같은 목소리가 들려온다.

"왜 그러냐?"

"저기 누가 있어요……"

"아무도 없는데 왜 자꾸 누가 있다는 거냐?"

백사장이 은섭을 다그친다.

"저기요, 저기……"

은섭이 손을 들어 도로에 목탄 가루처럼 떠도는 어둠 속을 손가락으로 가리킨다.

"나무 아니냐?"

"나무 말고, 나무 뒤에요."

"헛것이 보이나봐."

중얼거리는 그를 장씨가 빤히 쳐다본다.

구리를 떠나온 지 한 시간쯤 지났을까. 그는 못해도 열흘 밤은 훌쩍 지난 것 같다. 두수리를 향해 승합차가 내달리면 내달릴수록, 그는 백사장 무리를 따라나선 것이 후회된다. 못해도 시속 백 킬로로 달리는 승합차 문을 열고 뛰어내리고 싶은 충동이 들 만큼.

"우리가 모두 몇 명이더라?"

장씨가 가래 끓는 소리로 묻는다.

"일곱 명이지……"

그는 여섯 명이라고 말하고 싶은 걸 참고 마지못해 중얼거린다.

장씨가 차창을 열더니 허공에 대고 가래 섞인 침을 뱉는다. 바람이 들이쳐 잠든 김씨의 머리카락을 흩뜨린다.

장씨가 차창을 닫고, 흰자위를 번뜩거리며 승합차 안을 둘러본다. 승합차에 타고 있는 사람들의 숫자를 세어나가기 시작한다.

"여섯인데?"

장씨가 고개를 갸웃거린다.

"하나, 둘, 셋, 넷, 다섯, 여섯. 여섯이네." 최씨가 그를 쳐다본다. "곽씨, 일곱 명이라고 하지 않았어?"

"그게……"

"그랬지. 곽씨가 어디 헛말을 하는 사람인가?"

차선을 급하게 바꾸던 백사장이 끼어든다.

"그거야 그렇지."

장씨가 능글맞은 웃음을 흘린다.

그는 버려진 개처럼 눈꺼풀을 내리뜨고 속으로 중얼거린다. 혹시 그 일 때문인가?

작년 9월, 그는 열흘 내내 장씨를 따라다니며 뒷모도로 일했다. 이사철이라 대성지업사에도 도배 일거리가 제법 들어왔다. 장씨는 품삯을 그날그날 챙겨주지 않고 한꺼번에 주겠다고 했다. 그는 당장 만 원 한 장이 궁했지만, 어쩔 수 없이 그러라고 했다. 장씨가 자신을 뒷모도로 데리고 다니는 것이 고맙기도 하고, 뭉칫돈으로 받는 게 나을 것 같기도 해서였다. 그런데 추석이 다가오도록 장씨가 품삯을 주려 하지 않았다. 등신처럼 받을 돈도 못 받는다며 아내는 그를 닦달했다. 혼자 속을 끓이던 그는 아내에게 등을 떠밀리다시피 장씨의 집을 찾아갔다. 추석이 낼모레였다. 장씨의 집은 그의 집과 골목 하나를 사이에 두고 있었다. 근 삼십 년을 도배장

이로 산 장씨는 재건축을 해야 할 만큼 낡은 빌라에 살고 있
었다. 그가 찾아갔을 때 장씨는 거실에서 혼자 소주를 마시며
TV를 보고 있었다. 양은 냄비와 소주잔, 두부조림이 든 반찬
통, 소주병을 TV 앞에 벌여놓고. 골프장 캐디라는 장씨의 큰
딸이 방에서 나오다 그를 보고 도로 방으로 들어갔다.

그가 무슨 일 때문에 찾아왔는지 눈치챈 장씨는 인상을 구
기고 소주만 들이켰다.

"돈 들어갈 데가 한두 군데가 아니어서 말이야. 차례도 지
내야 하고……"

"그래서 떼어먹을까봐 오밤중에 득달같이 달려온 거야?"

"득달같이 달려오기는…… 저녁 먹은 거 소화도 시킬
겸."

숟가락으로 양은 냄비 속을 휘젓던 장씨가 투덜거렸다.

"돼지고기 김치찌개에 고기가 어떻게 한 덩어리도 안 들었
네. 순 김치 쪼가리뿐이야."

"괜히 오해하지 말게."

쩔쩔매는 그에게 장씨는 추석 전날까지는 챙겨주겠다고
선심을 쓰듯 약속했다.

어차피 받지도 못할 거 그 밤중에 찾아가는 것이 아니었다

고 그는 뒤미처 후회한다. 추석 전날까지는 챙겨주겠다던 품 삯을 장씨는 해가 바뀌고 설이 지나도록 주지 않고 있었다. 참새 앞정강이를 긁어먹는 꼴이지 뭐야, 겨우 뒷모도로나 따라다니는 내 품삯을 떼먹다니. 품삯이 얼마나 된다고…… 그는 장씨를 흘낏 바라보며 속으로 중얼거린다.

뒷모도로 따라다니던 열흘 내내 장씨는 말 안 듣는 초등학생을 다그치듯 그를 다그쳤다. 도배지를 잘못 잘랐다가 집주인 여자가 있는 데서 욕설을 듣기도 했다. 그런 그가 딱해 보였는지 집주인 여자가 그에게 인스턴트커피를 한잔 챙겨주며 말했다.

"아저씨도 참 무던하네요. 하긴 먹고살려면 별수 있어요? 간, 쓸개 다 빼놔야지."

자신을 위한다고 하는 그 소리가 비웃는 소리로 들려 그는 고개를 들지 못했다.

장씨가 자진해 내놓지 않으면 받아낼 수 없는 돈이었다. 억울한 사정을 그는 마땅히 하소연할 데가 없었다. 괜히 악착같이 받아내려 했다가 도배장이들 사이에 소문만 이상하게 나면 곤란했다. 백사장에게 속시원히 사정 얘기를 해볼까도 생각했지만 지업사 사장이어서 그런지 그는 백사장이 어려웠다. 백사장이 아무려면 장씨 편을 들지 자신의 편을 들까 싶기도 했다.

　대성지업사에 딸린 도배장이는 모두 다섯 명이다. 장씨와
김씨, 최씨 그리고 그 말고 하나가 더 있다. 그러고 보니 노루
사냥 얘기가 오가던 술자리에는 도배장이가 하나 더 있었다.
구리 토박이인 오씨 영감. 그는 도배장이들 중 가장 연장자
로, 일흔이 넘은 노인이었다. 신용불량자인 큰아들 가족을 먹
여 살리느라 도배 일을 놓지 못하고 있었다. 일욕심이 얼마나
많은지 혀를 내두를 정도였다. 노루 사냥을 가자는 백사장의
제안에 오씨 영감은 반색을 했다. 오씨 영감이 어째서 오늘
밤 함께 떠나오지 못한 것인지 그는 이유를 몰랐다.
　백사장의 승합차는 9인승이다. 탈 자리가 없어 함께 떠나
오지 못했을 리는 없었다. 오씨 영감이 갑자기 말을 바꾸었
을 리도. 오씨 영감은 고지식하다는 소리를 들을 정도로 경
우가 바르고 약속을 칼같이 지키는 사람이었다.
　"오씨 영감님 말이야……"
　"오씨 영감은 왜?"
　최씨가 다그치듯 묻는다.
　"아니야……"
　목소리가 갈라져나와 그는 목을 가다듬는다. 저녁을 짜게

먹은데다 소주를 두어 잔 걸쳐서인지 그는 아까부터 목이 마르다. 노루 피라도 들이켜 혀와 목을 축이고 싶을 만큼. 그는 자신이 정말로 목이 마른 것인지, 아니면 노루의 생피를 들이켜고 싶은 것인지 모르겠다.

그는 아무래도 오씨가 어째서 함께 떠나오지 못했는지 궁금하다.

"저기, 오씨 영감님 말이야."

"재수없게 오씨 영감 얘기는 왜 꺼내는 거야?"

백사장이 짜증을 낸다.

"재수가 없다니……?"

"몰라서 그러는 거야?"

장씨가 면박을 준다.

"뭘……?"

"죽은 사람 얘기는 하지 말자고."

최씨가 경고하듯 말한다.

"죽다니……?"

그는 믿기지 않는다. 평소 지병이 있었던 것도 아니다. 그렇다면 왜 아무도 자신에게 오씨 영감의 부고를 알리지 않았을까 싶다.

"그러고 보니 빈소에서 곽씨를 못 본 것 같네."

백사장이 중얼거리고.

"부조는 한 거야?"

최씨가 그에게 묻는다.

"부조……?"

"부조도 안 한 거야?"

장씨가 눈알을 부라린다.

"인간이 그러면 쓰나. 할 도리는 하고 살아야지." 최씨가
혀를 찬다. "하여간 배운 놈들이 더하다니까."

"오씨 영감님이 언제 돌아가셨는데? 병이 있었던 것도 아
니잖아……"

"그 영감이 오죽 속이 터졌으면 그랬겠어? 큰아들이 그 영
감 몰래 신용카드를 만들고 카드빚을 이천만 원이나 졌다지?
빈소에 상주인 큰아들이 안 보이는 게 이상하더라니."

장씨가 혀를 찬다.

"홧김에 그랬을 거야."

최씨가 말한다.

"오씨 영감님이 설마 자살이라도……"

그는 차마 말을 끝맺지 못한다.

"내가 누누이 하는 말이지만, 때가 되면 자식도 버려야 한
다니까. 여차하다가는 오씨 영감 꼴 난다니까."

188

장씨가 열을 올린다.

"까맣게 몰랐지 뭐야. 알았으면 틀림없이 부조했을 텐
데……"

말은 그렇게 했지만, 그는 알았어도 부조했을까 싶다. 최
소한 삼만 원은 봉투에 넣어야 하는데, 지난 일주일 내내 담
배 사 피울 돈도 없어 쩔쩔맸다.

맥이 탁 풀리며 졸음이 몰려온다. 잠들지 않으려고 애쓰
지만, 의식이 가물가물해지며 그의 머릿속에 눈 덮인 들판이
펼쳐진다. 닷새 전 대성지업사 미닫이문 너머, 눈발 날리는
골목을 내다보며 그렸던 그 들판이다.

백사장이 승합차 속도를 높인다. 승합차가 폭발할 듯 격렬
하게 뒤흔들리고, 김씨의 머리가 차창을 부술 듯 때린다.

"우리 내기나 하자고!"

운전석 쪽에서 가래 섞인 백사장의 목소리가 들려온다.

"무슨 내기를?"

장씨가 운전석을 향해 턱을 쳐든다.

"무슨 내기겠어."

"난 또…… 자, 어서 만 원씩들 내라고."

장씨가 주머니에 찌르고 있던 손을 빼 앞으로 내민다.

최씨가 지갑에서 만 원짜리를 한 장 꺼내 장씨의 손바닥 위에 찰싹 소리가 나도록 놓는다. 그는 마지못해 잠바 속주머니에서 지갑을 꺼낸다. 지갑 속에는 천 원짜리뿐이다. 그는 열두 장 중 열 장을 세어 장씨에게 건넨다.

"제가 심판을 볼게요." 은섭이 흥분해 말한다. "저는 심판을 아주 잘 봐요."

"장씨, 그런데 무슨 내기를 하자는 거야?"

"누가 노루 피를 더 빨리 빠나, 그 내기를 하자는 거지 뭐겠어."

장씨가 심술궂어 보이는 얼굴을 쑥 내민다.

그는 생각만으로도 소름이 끼쳐 아무 대답도 못하고 장씨의 얼굴을 바라보기만 한다. 다들 내기에서 이기기 위해 조갈 든 사람들처럼 노루 피를 빨아댈 것 같은 게.

"기분 나쁜 일이라도 있어? 왜 똥 씹은 얼굴이야?"

장씨가 묻는다.

"피냄새가 나는 것 같아서……"

아까부터 비릿한 피냄새가 맡아진다. 그러나 승합차 안에서 피냄새가 날 리 없다. 노루 피를 마시고 돌아가는 길이라면 모를까. 그는 백사장의 말대로 다들 목구멍까지 꽉꽉 노루 피를 채우고 돌아가는 장면을 머릿속에 그려본다. 누군가

트림이라도 하면 승합차 안은 피냄새로 진동할 것이다.

그는 혹시나 싶어 김씨 쪽으로 고개를 돌린다. 김씨의 머리는 차창에 쑤셔박혀 있다. 차창을 타고 액체 같은 것이 흘러내리는 것이 그의 눈에 들어온다. 그는 차창으로 손을 뻗는다. 끈적끈적한 것이 손가락들에 묻어나는 게 느껴진다. 손을 코 가까이 가져가 냄새를 맡는 순간 욕지기가 치민다.

"피야……"

"피?"

장씨가 그를 쳐다본다.

"피……"

그는 피가 묻은 손을 김씨의 머리로 뻗는다. 한 손으로 김씨의 턱을 받치고, 피가 묻은 다른 손으로 김씨의 머리를 더듬는다. 숱이 유난히 많아 짐승의 머리를 더듬는 기분이다. 그의 짐작대로 머리에서 피가 흐르고 있다. 승합차가 심하게 뒤흔들릴 때 김씨의 머리가 차창에 부딪혀 깨진 게 틀림없다.

"김씨, 일어나봐……"

어깨를 흔들어보지만 김씨는 깨어나지 않는다. 깨져 피가 흐를 만큼 머리를 세게 부딪히고도 깨어나지 않는 김씨가 그는 아무래도 이상하다. 창틀에 고인 피가 수혈을 하듯 바닥으로 뚝뚝 떨어진다.

"김씨, 김씨, 김씨……!"

승합차가 갑자기 요동치고, 그 바람에 김씨의 머리가 그에게 푹 안겨온다. 김씨의 머리를 힘겹게 떠받치고 있는 그의 두 손은 금세 피범벅이 된다.

"머리에서 피를 흘려서……"

"자네가 주먹으로 김씨 머리통을 후려갈기기라도 한 거 아니야?"

최씨가 취조하는 눈빛으로 그를 바라본다.

"내가? 내가 왜?"

"그럼 멀쩡한 머리통이 저절로 깨졌다는 거야?"

"피를 흘리고 있다니까!"

"그래서?"

장씨가 입을 일그러뜨린다.

그가 사색이 되어서 소리치는데도 장씨와 최씨는 심각하게 받아들이지 않는다. 장씨는 팔짱을 끼고 혼잣말을 중얼거리고, 최씨는 깡마른 얼굴을 잔뜩 구기고 있다.

그가 턱을 받치고 있던 손을 놓자마자 김씨의 머리가 그의 사타구니로 파고든다. 그는 김씨의 머리를 떠밀어버리지도, 그렇다고 와락 끌어안지도 못하고 난감해한다. 김씨의 머리에서 피가 계속 흐르는지 코르덴 바지의 가랑이 부분이 끈적

192

끈적하게 젖어오는 것이 느껴진다. 김씨의 머리는 점점 더 그의 다리 사이에 박히듯 파고든다. 그는 김씨의 머리를 어정쩡하게 끌어안고 장씨와 최씨의 눈치를 살핀다. 피냄새를 맡은 그들이 당장이라도 누런 이를 드러내고 김씨에게 달려들 것 같다. 김씨의 머리에서 흐르는 피를 핥아댈 것 같다.

피냄새에 취해서인지 그는 김씨가 노루 같다. 피가 다 빨린 노루가 자신의 품에 안겨 있는 것 같다. 노루는 무슨, 김씨잖아! 두 눈을 부릅뜨고 김씨를 내려다보던 그는 김씨의 머리를 떠민다. 김씨가 쿵 소리를 내며 바닥에 꼬꾸라진다.

장씨와 최씨, 그. 세 사람의 날 선 시선이 허공에서 엇갈린다. 장씨가 김씨에게 달려드는 순간 그는 잽싸게 김씨를 끌어안는다. 피범벅인 김씨의 머리를 가슴에 꼭 끌어안고 장씨와 최씨를 향해 두 눈을 번뜩인다.

"잠이나 자두자고."

장씨가 팔짱을 끼고 눈을 감는다. 최씨가 털 달린 잠바 깃을 올려 얼굴을 가린다.

"백사장…… 두수리가 아직 멀었나?"

그는 간신히 물으며 김씨의 가슴께를 더듬는다. 다행히 심장은 뛰고 있다.

"아버지, 노루 피가 먹고 싶어요……"

"백사장, 김씨가 피를 너무 많이 흘려서 아무래도 병원에 데려가야 할 것 같아……"

"아버지, 노루 피요……"

백사장은 그의 말에도, 은섭의 말에도 아무 대꾸가 없다. 설마 잠들기라도 한 걸까 싶지만 그럴 리 없다. 승합차는 여전히 어둠 속을 무섭게 내달리고 있다. 백사장이 잠들었다면 승합차는 벌써 도로 위를 나뒹굴었을 것이다.

"김씨가 피를 너무 많이 흘렸다니까!"

"어머니가 그러는데 노루 피를 먹어야 중학교에 갈 수 있대요."

"백사장, 김씨가 아무래도……"

"아버지, 아버지, 저 앞에 누가 있어요."

"백사장, 차 좀 세워봐!"

"저 앞에요, 저 앞에……"

"차 좀 세워보라니까!"

열기가 느껴지는 은섭의 들뜬 목소리와 싸늘하면서도 떨리는 그의 목소리는 기묘한 화음을 만들어내며 경기하듯 흔들리는 승합차 안에 떠돈다.

한순간 승합차가 터널 안으로 빨려들어간다. 새로 개통되어 대낮처럼 환한 터널 안을 달리는 차는 대성지업사 백사장

194

의 승합차뿐이다.

"아버지, 그런데 내가 죽어요?"
백사장은 그러나 아무 대답이 없다.
"내가 죽냐고요!"
"네가 죽는다니 그게 무슨 말이냐?"
그는 백사장을 대신해 묻는다.
"내가 다 들었단 말이에요."
"다 들었다니, 뭘 말이냐?"
"엄마가 야쿠르트 아줌마한테 하는 소리를 말이에요."
"엄마가 뭐라고 했는데 그러냐?"
"내가 죽을지도 모른다고요……"
그는 조수석 쪽으로 슬그머니 고개를 돌린다. 눈 코 입이
뭉개져 보이는 은섭의 옆얼굴이 그의 눈에 들어온다.
"노루 피를 먹으면 괜찮아질 거다."
"아버지, 어서 노루 피를 먹고 싶어요."
"그래, 너처럼 어리고 순한 노루를 잡아서 네 입으로 피를
흘려넣어주마……"
"아버지, 저처럼 어리고 순한 노루여야 해요."
"응……?"

"저처럼 어리고 순한 노루여야 한다고요."

"그래……"

그가 탄식을 토하는 동시에 승합차가 터널 밖으로 토해진다.

"꼭요……"

"그래. 꼭."

차창 너머 멀리 가물가물 흔들리던 불빛 서너 점이 물러나고, 설광雪光에 휩싸인 들판이 펼쳐진다. 표지판이 쓱 지나간다. '15km'. 그는 그러나 어디까지 십오 킬로미터인지는 못 봤다. 그러므로 그곳은 두수리일 수도, 아닐 수도 있었다.

곤충채집 체험학습

전체적으로 검은빛에, 뒷날개에 야광의 푸른빛이 살짝 도는 제비나비다. 그가 휘두르는 포충망은 번번이 목표물인 제비나비를 벗어난다. 폭염인데다, 근처에 늪이 있어서 습도마저 높다. 사타구니와 겨드랑이에 땀이 흥건하다. 그는 제비나비 잡는 걸 포기하고 숲을 둘러본다. 숲 여기저기 허공에 대고 포충망을 휘두르는 사람들이 그의 시야에 들어온다. 다들 한낮의 몽유병자들 같다. 저마다 알 수 없는 무엇인가에 홀려 찾아든 숲속을 혼몽중 헤매는 듯하다.

　키가 훌쩍하고 호리호리한 청년이 포충망을 어깨에 걸치고, 그의 아들 옆을 조용히 지나간다. 서른 살쯤 되었을까. 청년의 길쭉하고 깡마른 얼굴은 뙤약볕에 벌겋게 달아올라 있다. 본격적인 곤충채집에 나서기 전 강사는 펜션에 딸린 강당에 참가자들을 모아놓고 곤충채집 도구들과 채집 방법에 대해 설명했다. 강당에서 청년은 아들 바로 옆에 앉아 있었다. '별빛농원'의 '곤충채집 체험학습 프로그램'에 참가한 이들 가운데 청년은 유일하게 혼자다. 참가자는 스무 명 남짓으로, 대개 가족 단위다.

나비와 나방이 매한가지라고 여길 만큼 곤충에 문외한인데다 별 흥미가 없는 그는 나흘 전 충동적으로 곤충채집 체험학습 프로그램에 신청했다. 불과 한 달 전까지도 그는 그런 체험학습 프로그램이 있다는 사실조차 몰랐다.

한 달도 더 전, 초등학교 5학년인 아들은 집 인근 아파트 지하 주차장에 주차된 차들을 날카로운 무엇인가로 긁고 다녔다. 한 대도 아니고 스물세 대나. 그 아파트 지하 주차장에 설치된 CCTV에 범행 현장이 고스란히 찍혔는데도 아들은 자신이 한 짓이 아니라고 한사코 우겼다. 그는 완벽한 증거물인 CCTV를 확인하고 싶었다. 자신의 두 눈으로 확인하지 않고서는 믿을 수 없어서가 아니라, 아들에게 자신이 한 짓을 똑똑히 일깨워주기 위해서.

아파트 관리소장은 백발노인으로, 아들이 미성년자인 만큼 진심으로 반성하고 흠집들을 원상 복구해놓으면 고발 조치는 하지 않겠다는 피해자들의 의사를, 법적 보호자인 그에게 전했다.

관리사무실 모니터에 지하 주차장이 잡혔다. 순간 그는 곤충 표본 상자를 들여다보는 것 같은 착각이 들었다. 시동을 끄고 흰 주차선 안에 납작 웅크리고 있는 차들은 마치, 내장을 제거하고 박제 처리한 곤충들 같았다. 표본 상자 속에 질서정연하게 진열된 곤충들 사이를 아들이 하루살이처럼 한없이 가볍게 뛰어다니고 있었다.

"나비를 잡으려던 것뿐이에요."

"나비?"

"나비가 날아다녀서요."

"하, 나비라……" 관리소장은 어이없다는 듯 한숨을 내쉬었다. "그래서, 나비가 어디 있다는 거냐?"

"저기 있잖아요."

관리소장이 돋보기를 추어올리며 모니터로 얼굴을 들이밀었다.

"저기요…… 나비……"

관리소장이 모니터 화면을 정지시켰다. 선팅을 짙게 한 독일산 외제 차가 화면에 잡혔다. 아들이 집게손가락으로 모니터 한 지점을 꾹 찍어 보였다. 지문이 모니터 속 외제 차 앞유리에 묻어났다. 나비가 앉았다가 날아오르면서 일으킨 파문처럼.

"그것참, 나비가 대체 어디 있다는 거냐?"

"……날아갔어요."

아들이 퉁명스럽게 중얼거렸다.

"날아가? 어디로?"

"몰라요……"

아들은 입을 멍하니 벌리고 고개를 저었다. 어이없어하는 관리소장의 눈길이 그를 향하는 순간 그는 수치심과 함께 아들에게 분노를 느꼈다.

관리소장이 그에게 내민 견적서는 모두 스물세 장으로, 견적서마다 적힌 금액이 달랐다. 아들이 무엇인가로 긁어 흠집을 낸 차들 중에는 고급 외제 차도 아홉 대나 있었다.

"그 녀석 참, 커서 뭐가 되려는지 끝까지 잘못했다는 말을 안 하네……"

관리사무실을 나서는 그와 아들의 뒤통수에 대고 관리소장은 방점을 찍듯 의미심장하게 중얼거렸다.

아파트 근처 맥도날드에서 새로 출시한 햄버거를 사주면서 그는 아들에게 진지하게 물었다.

"뭐로 그랬니?"

"뭐가요?"

햄버거를 베물려다 말고 아들이 그를 빤히 바라보았다. 햄버거 빵과 빵이 벌어지면서 그 사이에 차곡차곡 탑처럼 쌓인 내용물들이 게걸스럽게 흘러내렸다. 미간을 찌푸리고 내용물들을 바라보던 그는 마요네즈가 듬뿍 묻은 양상추를 손으로 집어 자신의 입으로 가져갔다.

"못으로 그랬니? 칼로?"

"내가 안 그랬다니까요."

졸린 목소리로 무성의하게 항변하는 아들을 추궁하는 눈빛으로 바라보며 그는 차라리 나방이라고 했으면 믿었을 거라고 생각했다.

못으로 그랬다면, 그 못을 아들은 어디서 구했을까? 칼로 그랬다면 그 칼은? 지금 아들의 손에는 플라스틱 재질의 투명한 독 병이 들려 있다.

병은 살충제 용도로 쓰이는 에틸아세테이트로 채워져 있다. 그 안에 곤충을 넣으면, 그 곤충은 수초 만에 사후경직에 이른다. 청산가리를 쓰기도 하지만 곤충의 몸체를 부드럽게 유지할 수 있는데다 위해성이 적어 주로 에틸아세테이트를 쓴다던가.

아들이 점점 자신으로부터 멀어지는 것 같아 그는 아들의 이름을 부른다. 아들이 굼뜨게 그를 돌아본다. 태양을 등지고 있어서 아들의 얼굴은 이목구비가 뭉개져 보인다. 새 한 마리가 금을 긋듯 아들과 그 사이를 가르며 날아간다. 모가지 부위 깃털이 주황빛인 새는 몹시 천천히 난다. 포충망을 휘두르면 새를 얼마든지 잡을 수 있을 것 같다. 산비둘기일까? 아니면 뻐꾸기? 지구상에 얼마나 많은 종류의 새가 있는지 그는 모른다. 강사의 말에 따르면 곤충은 백만여 종이나 된다. 백만여 종 중에 자신이 알고 있는 곤충은 사마귀, 매미, 땅강아지, 무당벌레, 장수하늘소, 바퀴벌레, 개미 정도라고 생각하니 실없는 웃음이 절로 난다.

아들이 손에 든 독 병을 무심히 흔들며 그에게 다가온다.

"그게 있었으면 잡았을 거예요."

아들이 그의 손에 들린 포충망을 쳐다본다.

"뭐 말이냐?"

"나비요……"

그는 어이가 없어 아들을 멀거니 바라만 본다. 평일 대낮 녹음 속에서 보니 아들은 훌쩍 자라 있다. 이목구비도 뚜렷해져 있다. 쌍꺼풀이 짙게 져 평소에는 순하고 천진난만해 보이는 눈이 햇빛을 받아 날카롭게 빛난다.

흡사 역도 선수처럼 생긴 산벚나무 너머에서 웅성웅성하는 소리가 들려온다.

"잡았나봐요!"

"뭘?"

"나비요, 나비!"

흥분한 아들을 데리고 그는 소리가 들려오는 곳으로 간다.

손에 채집 도구를 하나씩 든 사람들이 강사를 빙 둘러싸고 있다. 뭘 잡았나 했더니 제비나비다. 뒷날개에 푸른빛이 도는 것이 아무래도 그가 쫓던 제비나비 같다. 기껏 쫓던 제비나비를 다른 사람에게 가로채인 것 같아 불쾌한 기분마저 든다. 포기하지 않고 끝까지 쫓았으면 제비나비를 잡았으려나? 하지만 그가 쫓던 제비나비라는 증거는 어디에도 없다. 오만여 평에 달한다는 '별빛농원'의 숲에 제비나비가 한 마리뿐일까 싶기도 하다.

강사가 포충망 속 제비나비의 가슴 부분을 엄지와 중지로 누른다. 우두둑 소리가 그의 귀에 들릴 정도로 제법 크게 난다.

"가슴근육을 파괴시키는 거예요."

사십대 초반쯤 되어 보이는 강사가 짓궂은 표정을 짓는다. 웃을 때 한쪽 볼에만 보조개가 파이는 게, 얼굴에 장난기가 가득하다. 강사가 망에서 제비나비를 꺼내 남자아이에게 내민다. 그의 아들보다 머리 하나 정도는 작은 남자아이가 뒷걸음질치면서 엄마인 듯한 여자를 애원하는 눈빛으로 올려다본다.

"우리 애가 겁이 많아서⋯⋯"

마스카라를 발라 한껏 부풀린 눈꺼풀이 바르르 떨리도록 눈웃음치며 여자가 제비나비를 받아든다. 여자의 까만 매니큐어를 칠한 손톱들이 제비나비의 찢긴 날개만 같다. 제비나비의 날개를 손톱 모양으로 오려 손톱마다 붙여놓은 것 같다.

"이 분 정도, 심장박동이 멈출 때까지 눌러주세요."

정확히 이 분 뒤, 강사는 여자에게서 제비나비를 받아 흰 기름종이 위에 놓는다. 염殮을 하듯 기름종이를 한 번, 두 번, 세 번 삼각 모양으로 접는다.

"제가 말씀드렸지요? 나비나 잠자리처럼 날개가 상하기 쉬운 곤충들은 독 병 속에 넣지 않고, 파라핀지로 만든 삼각지에 넣어 보관해야 한다고요."

*

어디선가 슬그머니 나타난 청년이 그의 앞을 무심히 지나간다. 특별히 눈에 거슬릴 만한 행동을 하는 것도 아닌데 그는 청년이 신경쓰인다. 물 한 방울 안 섞은 녹색 물감을 덕지덕지 발라놓은 듯한 수풀로 청년이 걸어들어가는 것을 바라보던 그는 아들을 앞세우고 그쪽으로 발을 내디딘다.

앞서 걷던 아들의 얼굴이 거미줄에 삼켜지는 것을 그는 속수무책으로 바라본다. 거미줄을 본 그가 앞에 거미줄이 있다고 경고할 새도 없이 아들의 얼굴은 거미줄에 삼켜졌다. 그는 아들의 얼굴이 거미줄이 아니라 덫에 걸린 것 같다. 한번 걸려들면 헤어나올 수 없는 덫. 얼굴과 머리에 묻은 거미줄을 떼어주려고 그가 손을 뻗기 무섭게 아들이 홱 머리를 돌려버린다. 반사적인 아들의 행동에 당황스럽다못해 무안해진 그는 목덜미에 맺힌 땀을 손바닥으로 훔치며 주위를 둘러본다. 그새 청년은 어디로 갔는지 보이지 않는다.

갑자기 윙— 하는 소리가 들려온다. 전기드릴 나사가 급속히 회전하면서 허공에 구멍을 내는 것 같은 소리는 정수리께에서 들려온다. 말벌이라는 것을 깨달은 그는 엉거주춤한 자세로 뒷걸음치며 재빠르게 포충망을 휘두른다. 걸려들 듯 걸려들지 않던 제비나비와 다르게 말벌은 단번에 걸려든다.

그가 독 병을 망 안으로 밀어넣자 말벌이 알아서 그 안으로 날아든다. 날아들자마자 깊이 십오 센티 남짓한 독 병 속이 천길 낭떠러지라도 되는 듯 추락한다. 일순간 세상 모든 소리가 잦아들고, 모든 움직임이 멎은 것 같은 정적이 흐른다. 숲 곳 곳에서 간헐적으로 출몰하던 풀벌레 소리도 들려오지 않는다.

"그 아파트 지하 주차장에는 왜 갔니?"

행정구역상 한동네에 속하지만 그들이 사는 아파트와 그 아파트는 팔 차선 도로를 사이에 두고 있다. 팔 차선 도로 너 머는 한강 조망권으로, 대기업에서 지은 그곳 아파트들은 그 들이 사는 아파트와 값이 천지 차이였다. 아들은 정문을 통 해 그 아파트 안으로 들어갔을까. 지하 주차장 곳곳에 설치된 CCTV가 자신의 행동을 지켜보고 있다는 사실을 아들은 몰 랐던 걸까.

"도대체 왜?"

아들이 그의 말을 무시하고 몸을 일으킨다. 물푸레나무의 흔들리는 잎들 새로 난분분 떨어지는 빛 조각들 속에 서 있 는 아들을 그는 홀린 듯 바라본다. 빛 조각들이 너무 날카롭 고 눈부셔서 아들의 모습이 가물가물하다. 눈이 저절로 감기 며 졸음이 몰려온다. 전날 그는 자정 넘어 거의 만취 상태로 귀가했다. 숙취가 남아 있는데다. 고속도로 휴게소에서 사 먹은 충무김밥과 라면이 소화가 안 돼 속이 더부룩하다. 서 울에서 변산반도 근처에 있는 '별빛농원'까지 그는 꼬박 네 시간을 내달렸다. 아내는 함께 오지 않는 대신에 자녀 교육법 특강을 들으러 갔다. 강의 제목이 '내 아이는 어디 있습니까?'라고 했던가.

아들이 도둑질을 한 것도, 살인을 저지른 것도 아닌데 아내는 극심한 우울증과 불면증, 대인기피증에 시달릴 정도로 심한 충격을 받았다. 경찰이 CCTV 속 범인을 찾는 과정에서 아들이 저지른 짓은 만천하에 공개되었다. 범행 당시 아들은 공교롭게도 자신이 다니는 초등학교 체육복을 입고 있었다. CCTV 속 문제의 소년이 자신의 반 아이들 중 하나라는 것을, 담임 선생이 단박에 알아보았다던가.

특별한 줄 알았던 아들이 지극히 평범하다는 사실을 어렵게 인정하고 난 뒤라 아내의 충격이 더 컸는지도 모른다고 그는 생각한다. 그러잖아도 그 일이 있기 며칠 전 그와 아내는 와인을 마시며 세상에 단 하나뿐인 자식인 아들에 대해 진지한 대화의 시간을 가졌다.

"여보, 나는 우리 아들이 특별한 줄 알았어. 보통 애들하고 다른 줄 알았단 말이야. 우리 아들이 평범한 아이라는 사실을 받아들이기가 왜 이렇게 힘들지?"

"평범한 게 최고야. 날 봐…… 평범해도 잘만 살잖아. 평범하기가 얼마나 어려운데. 우리 본부장 아들이 어려서 미술

영재였다는데 지금 뭐하고 있는 줄 알아?"

"뭐하고 있는데?"

"나이가 마흔이 넘었다는데 결혼도 안 하고 아버지한테 용
돈 타 쓰면서 살고 있잖아. 본부장이 그 아들 뒷바라지하느
라 빌딩 한 채는 날렸다던걸. 미술 학원을 차려준다고 해도
프랑스 유학까지 다녀온 자존심이 있어서 싫다나봐."

"1302동 아주머니 아들 말이야…… 초등학교 때 학생회
장까지 했다지 뭐야."

"그런데?"

"중학교에 들어간 뒤로 갑자기 성격이 내성적으로 변하더
니, 고등학교 자퇴하고 하루종일 방에만 틀어박혀 있다지 뭐
야. 그 집 아저씨는 아들이 꼴 보기 싫어서 지방 발령까지 받았
나봐. 아주머니가 아들 때문에 정신과 약까지 먹는다니……"

비록 아내만큼은 아니었지만 그가 받은 충격도 적잖았다.
무엇보다 아들이 평범하지조차 않을 수 있다는 불안감이 불
쑥불쑥 엄습했다. 그는 자신이 아들을 잘 알고 있다고 생각
했다. 그런데 잘 모르겠다. 이제 겨우 열두 살인 아들이 수수
께끼 덩어리 같다. 그는 자신의 아들이 천진난만하고 순한
줄 알았다. 외모만이 아니라, 매사에 낙천적이고 무던한 자
신의 성격까지 빼닮은 줄로만.

충격에서 헤어나오지 못하는 아내나 그를 비웃기라도 하듯, 아들은 고정불변하는 법칙처럼 변함이 없었다. 아무 일도 없었던 듯 밥도 잘 먹고, 잠도 잘 잤다. 자신이 한 짓을 담임 선생은 물론 반 아이들이 다 알고 있는데도 학교에도 잘 다니는 눈치였다. 아들이 둔한 것인지, 뻔뻔스러운 것인지 그는 도무지 판단이 안 되었다. 밥을 먹다가 혹은 TV를 보다가 문득 얼굴을 바라보면, 아들은 특유의 아무 생각 없어 보이는 표정을 짓고 있었다. 아내에게 차마 말하지 못했지만 CCTV 모니터 속에 있는 자신을 보고도 아무 반응이 없던 아들을 보면서 그는 그때껏 경험해보지 못했던 낯선 공포감에 휩싸였다. 그 자신과 아내에게는 없는 그 무엇인가가 아들에게 있는 게 아닌가 하는 의심과 함께. 돌연변이적인 그 무엇인가가.

그가 알고 싶은 것은 진실이다. 아들이 말해주지 않는 진실. 아들에게 돌연변이적인 무엇인가가 있을지 모른다는 의심을 불식시키기 위해서라도 그는 진실을 꼭 알고 싶었다. 아파트 관리사무소에서 CCTV를 확인하고 돌아온 뒤로 그는 더더욱 진실을 알고 싶었다. 1박 2일 일정인 곤충채집 체험학습에 아들과 참가한 것도 순전히 진실을 알기 위해서다. 푸른 대자연 속에서 살아 있는 진짜 나비를 보면 아들이 진실을 말해주리라는 기대가 있었다.

아들이 휘두르는 포충망 속으로 나비가 걸려드는 것을 그는 꿈을 꾸는 듯한 표정으로 바라본다.

"나비를 잡았구나……!"

잠꼬대를 하듯 중얼거리던 그는 정신을 차리고 아들 곁으로 다가간다. 제비나비는 아니다. 배추흰나비일까? 나비의 날개는 흰색이다. 윗날개 양쪽에는 검은 점이 눈알처럼 박혔다. 아들이 나비를 꺼내려 망 속으로 손을 집어넣는다. 나비를 꺼내는 과정에서 날개가 찢어진다.

그가 말릴 새도 없이 아들이 멀쩡한 왼쪽 날개를 찢는다.

"무슨 짓이냐?"

아들이 고개를 비틀어 그를 쳐다본다. 백치에 가까운 표정이 깃든 얼굴이 순간적으로 소름 끼쳐 그는 더는 말을 잇지 못한다.

"짝짝이잖아요."

아들이 퉁명스럽게 내뱉는 말을 듣고서야 그는, 나비의 가장 큰 특징이 좌우대칭이라는 것을 깨닫는다. 양날개를 수놓은 색채의 반문이 나비의 가장 큰 특징이라는 것을.

아들은 찢던 날개를 마저 찢는다.

불현듯 수년 전 아들과 했던 데칼코마니 놀이가 떠올라 그는 아들이 나비의 날개를 찢는 것을 멍하니 바라보고만 있다. 반으로 접은 도화지의 한쪽 면에 물감을 칠한 뒤 접었다 펴, 좌우대칭 무늬를 만드는 놀이다. 아들은 그가 도화지를 펼 때마다 환호성을 지르면서 박수를 쳤다.

아들은 좌우대칭을 맞추기 위해 왼쪽 날개와 오른쪽 날개를 번갈아가면서 조금씩 찢는다. 색종이를 찢듯 아무 망설임 없이, 몸통만 달랑 남을 때까지 찢고 또 찢는다.

아들의 손에 들린, 몸통밖에 남지 않은 나비는 징그럽게도 살아서 꿈틀거린다. 그는 조금 전까지도 몸통에 붙어 있던 흰 날개가 한낱 환幻이 아니었나 싶다. 나뭇잎들 사이로 조각조각 쏟아지는 빛들과 녹음을 머금은 공기, 습한 바람이 어우러져 만들어내는 환…… 애초에 몸통에 날개 따위는 달려 있지 않았던 게 아닌가 싶다. 환이 사라진 것뿐이라고 생각하니 징그러울 것도 없다.

그는 굳은 얼굴로 나비의 몸통을 악착같이 잡고 있는 아들의 손을 바라본다. 색종이를 찢듯, 살아 있는 나비의 날개를 찢을 수 있는 손…… 그 손에 녹슨 못이 들려 있는 상상을 한다. 녹이 묻어나 피처럼 불그스름한 땀이 손금을 타고 흐르는 손을.

그는 새삼스레 아들의 손이 자신의 손과 닮았다는 것을 깨닫고 흠칫한다.

아들이 재미로 나비의 날개를 찢은 것은 아닐 거라고, 날개의 좌우대칭을 맞추려던 것뿐이라고, 스스로를 납득시키려 애쓴다. 나비의 평균수명이 기껏해야 이십 일에서 이십오 일이라고 생각하니 조금 위안이 된다.

문득 나비의 날개에도 혈관이 존재하는지 궁금하다. 한지처럼 얇고 가벼운 날개 속에 피가 흐르는지.

"갈고리나비야."

청년이다. 그가 의식 못하는 새 다가온 청년이 아들의 손에 들린 나비의 몸통을 물끄러미 내려다보고 있다.

"갈고리나비요?"

몸을 일으키는 아들을 따라 그도 몸을 일으킨다. 눈빛이 불안정한 게, 그는 청년이 위험하게 느껴진다. 유치원이나 초등학교에 다니는 아이들이 부모와 함께 참가하는 곤충채집 체험학습에 혼자 참가한 것부터가 이상하다.

아들과 청년 사이를 가로막고 서면서 그는 청년에게 묻는다.

"나비에 대해 잘 아나봐요."

청년은 그의 말을 무시하고 자리를 뜬다. 회오리치듯 어지럽게 자란 풀더미로 삼켜지듯 사라진다.

"갈고리나비래요."

아들은 퉁명스럽게 중얼거리고 손가락을 벌려 나비의 몸통을 땅에 떨어뜨린다.

*

그는 산벚나무 밑으로 가 자리를 잡고 앉는다. 산벚나무 줄기에 등을 기대고 두 다리를 앞으로 쭉 뻗는다.

허공에 대고 포충망을 휘두르는 그의 눈이 점점 가늘어진다. 마침내 바늘처럼 가늘어졌을 때, 천연덕스럽고도 구슬픈 뻐꾸기 울음소리가 먼 듯 가까이에서 들린다.

잠드는 줄도 모르고 잠든 그는 화들짝 놀라 깨어난다. 축 늘어뜨리고 있던 손을 들어 뺨을 어루만진다. 벌레가 문 것일까. 날카로운 것이 뺨을 찌르는 것 같은 통증을 느꼈다. 못 같은 것이…… 아들이 한쪽 손에 못을 들고 동굴 같은 곳으로 걸어들어가는 꿈을 꾼 것도 같다.

그런데 아들이 보이지 않는다.

아들을 찾아 정신없이 숲을 헤매던 그의 앞에 불쑥 늪이 펼쳐진다. 괴괴한 기운이 감도는 늪을 바라보고 선 아들이 그의 눈에 들어온다.

"정욱아!"

아들의 이름을 다급히 부르면서 늪으로 발을 내딛던 그는 멈칫한다. 아들이 아니다. 시야를 가릴 정도로 들끓는 하루살이들 때문에 청년을 아들로 착각했다. 청년이 그를 향해 천천히 돌아선다.

"……왜요?"

청년이 그렇게 물어서 그는 순간 훌쩍 나이를 먹은 아들이 서 있는 것 같은 착각에 휩싸인다.

"혹시 내 아들 못 봤습니까?"

"아저씨 아들이요?"

탄식에 가까운 청년의 목소리가 불길하게 들려 그는 떨리는 목소리로 되묻는다.

"내 아들이요."

"그러게요……"

"그러게요라뇨?"

"그러게요……"

"내 아들을……"

"아저씨 아들이 누군데요?"

그 말에 그는 오싹 소름이 끼쳐 더는 묻지 못한다. 개구리밥으로 뒤덮인 늪을 등지고 서 있는 청년에게서 서둘러 돌아선다.

별빛농원에 딸린 펜션 쪽으로 허겁지겁 발을 내딛던 그는, 노란 등산복 차림의 사내가 손도끼로 썩은 나무 밑동을 파헤치는 광경을 목격한다. 참가자들에게 곤충채집에 필요한 도구를 나누어줄 때 강사는 원하는 이들에 한해 손도끼를 나누어주었다. 아들은 사내의 아이들 사이에 끼어 사내가 손도끼로 나무 밑동을 인정사정없이 내리찍는 걸 구경하고 있다. 그가 부르는데도 자신의 인생과 무관한 사람을 쳐다보듯 흘끔 쳐다보고는 그만이다. 다른 형제 사이에 서 있어서인지 그는 아들이 자신의 아들이 아니라 사내의 아들 같다. 사내의 두 아들도 그의 아들만큼이나 아무 생각이 없어 보이는 표정이다.

사내가 등산 모자를 벗고 수건으로 이마와 머리를 훔친다. 훵한 이마가 드러나자 사내의 모습이 희극적으로 변한다. 도끼질에 가리가리 파헤쳐진 나무 밑동은 활활 타오르는 불길의 형상이다.

"아버지 노릇 하기 어렵네요."

사내가 불룩 나온 배를 내밀고 그를 향해 실없어 보이는 웃음을 짓는다.

"그러게요."

그는 건성으로 대꾸하고 아들의 손을 잡아끈다. 아들은 발을 질질 끌며 마지못해 그를 따라온다.

배회하듯 숲을 헤매던 그와 아들은 나무 밑동 앞에 되돌아와 있다. 삼부자는 그새 그곳을 떠나고 없다. 아들이 나무 밑동 앞으로 가 쪼그리고 앉는다. 무기력한 심정으로 아들의 숱 많은 뒤통수를 응시하던 그는 아들 곁으로 다가가 앉는다.

"딱정벌레예요."

삼부자가 버리고 간 나무 밑동에서 아들은 딱정벌레를 세 마리나 잡는다. 그는 건강검진 때 쓰는 배변 봉투처럼 생긴 비닐봉지 속에 딱정벌레들을 집어넣는다. 채집 도구들을 나누어줄 때 강사는 딱정벌레나 사슴벌레 같은 곤충을 넣을 비닐봉지도 대여섯 장씩 나누어주었다.

"그 아파트 지하 주차장에 뭐 때문에 간 거냐?"

"딱정벌레요."

"뭐 때문에……?"

"딱정벌레요!"

"딱정벌레가 왜?"

"같이 넣으면 어떡해요."

"말 좀 해봐라. 그 아파트에는 뭐 때문에 간 거냐?"

"한 봉지에 넣으면 서로 싸우니까 따로 넣으라고 했잖아요."

그는 기껏 비닐봉지에 넣은 딱정벌레들을 도로 땅에 쏟는다. 혼비백산해 달아나려는 딱정벌레들을 잡아 비닐봉지 속에 넣던 그는 아들에게 묻는다.

"무슨 색깔이었냐?"

"뭐가요?"

"나비 말이다. 날개가 무슨 색깔이었냐? 노란색? 흰색? 검은색?"

"모르겠어요."

"어떻게 모를 수 있냐?"

"모르겠으니까……"

아들이 재미없는 책을 읽듯 중얼거린다.

"거의 잡을 뻔했단 말이에요…… 거의 잡을 뻔했다가 놓쳤단 말이에요."

건성으로 중얼거리는 아들의 얼굴이 그 어느 때보다 아무 생각이 없어 보여서, 그는 더이상 아무 말도 묻지 못한다.

아까 그 삼부자는 이팝나무 아래에 돗자리를 펴고 앉아 빵, 과자, 주스 등을 먹고 있다. 캔에 든 콜라를 마시던 사내가 손짓으로 아들과 그를 부른다. 사내가 봉지에 든 빵을 아들에게 권한다. 아들이 그의 눈치를 살피는 척하더니 빵을 받아든다.

형제가 자신들이 잡은 곤충들을 아들에게 구경시켜준다.

"둘째는 하마터면 세상에 태어나지 못할 뻔했습니다."

"아, 그래요?"

"첫째 낳고 묶었다가 삼 년 만에 풀었습니다. 하나보다는 아무래도 둘이 나을 것 같아서요. 큰애가 유치원에 입학하던 날 아내가 생맥주나 한잔하자면서 집 앞 호프집으로 끌고 가더니 진지하게 말하더군요. 우리가 죽고 난 뒤에 아들이 혼자 세상에 남겨질 걸 생각하면 끔찍하니 하나 더 낳자고요. 평소 같으면 돈 아깝다고 노가리나 시켜주던 아내가 웬일로 훈제 오리를 다 시켜주나 했습니다. 생각해보니 아내 말이 맞는 것 같기도 하고, 알딸딸하니 취기가 올라오기도 해서, 기네스 한 병 시켜주면 그러겠다고 했더니 바로 시켜주더라고요."

그는 자신 역시 아들을 낳고 정관수술을 받았다고, 사내에게 말하려다 관둔다. 아들이 세 살 되던 해 그는 스스로 비뇨기과의원을 찾아가 정관수술을 받았다. 회사 사무실에서 오분 거리에 있던 비뇨기과의원에서였다. 그즈음 점심을 주로 해결하던 푸드코트가 있는 건물 팔층에 병원이 있었다. 수술대에 오르자 도시의 전경이 한눈에 내려다보였다. 마취 주사를 놓을 때 따끔했던 것 말고는 특별히 불편했던 기억은 없다. 수술이 끝난 뒤 곧장 엘리베이터를 타고 푸드코트가 있던 지하로 내려가 전주 콩나물국밥을 한 그릇 사먹었다.

사내가 그에게 아들의 나이를 묻는다.

"열두 살입니다."

"딱 중간이네요."

"중간이요?"

말뜻을 못 알아듣는 그에게 사내가 자신의 아들들 나이를 말해준다. 아들은 사내의 첫째아들보다는 두 살 적고, 둘째아들보다는 두 살 많다. 사내의 말대로 아들은 딱 중간이다.

사내는 신상명세서를 작성하듯 그에게 이것저것 꼬치꼬치 묻는다. 그가 한마디를 하면 서너 마디를 한다.

"참, 천재의 첫째 조건이 뭔지 아십니까?"

"첫째 조건이요? 그게 뭔데요?"

천재가 되는 데도 조건이 필요할까 싶었지만 조금 생각해보니 있을 것도 같다. 둘째 조건도, 셋째 조건도 아닌 첫째 조건이 무엇인지 궁금하다.

"제 아내가 그러는데 욕망이랍니다. 아내가 첫째는 일찌감치 포기했는지, 요즘 둘째의 욕망을 키우는 데 아주 공을 들이고 있습니다."

물을 주면 무럭무럭 자라는 콩나물처럼, 욕망도 자랄 수 있다는 것을 그는 미처 몰랐다.

"그럼 둘째 조건은요?"

"둘째 조건이요?" 사내가 그것은 미처 생각 못한 듯 고개를 갸웃거린다. "그러게요, 아내한테 한번 물어볼까요?"

사내가 바지 주머니에서 스마트폰을 꺼내더니 통화를 시도한다. 전화를 받지 않는지 혼잣말로 투덜거린다.

"제 아내가 워낙 바빠서요…… 초등학교 앞에서 논술 학원을 하거든요, 제 아내가요. 그쪽 아내분도 바쁘신가봐요. 함께 못 오신 걸 보면요."

"강의를 들으러 가서요."

"강의요?"

"내 아이는 '어디' 있습니까……"

"네?"

"그게 강의 제목이랍니다."

*

등을 기대고 잠들었던 산벚나무 근처에서 그는 청년과 다시 만난다. 아들이 청년을 흘끔흘끔 쳐다본다. 그는 자신과 아들을 무시하고 지나쳐가는 청년을 불러 세운다.

"저기……"

청년이 그를 빤히 쳐다본다. 그는 청년에게 낮지만 분명한 목소리로 중얼거린다.

"나비를 봤습니다."

"……나비요?"

청년의 눈동자가 흔들린다.

"생전 처음 보는 나비였습니다. 내 평생 빛깔이 그렇게 황홀한 나비는 처음이었습니다."

"……"

"내 아들이 잡을 뻔했다가 놓치고 말았지 뭡니까. 거의 잡을 뻔했다가요."

그는 정색을 하고 말한다.

"……나비를 어디서 봤는데요?"

그는 손을 들어 방금 자신과 아들이 걸어나온 수풀을 가리켜 보인다. 청년은 그의 말을 선뜻 믿지 못하는 눈치다.

"저기, 그런데 뭐 하나만 물어봅시다."

"……?"

"나비하고 나방하고 도대체 뭐가 다릅니까?"

"…… 앉을 때 달라요."

"앉을 때요?"

"나방은 앉을 때 날개를 수평으로 펴고 앉지만, 나비는 앉을 때 날개를 등뒤에 곧추세우고 앉아요……"

그는 청년이라면, 지하 주차장에서 쫓던 것이 나비였다는 아들의 말을 믿어줄 것 같다.

청년이 그에게서 돌아선다. 그가 손가락으로 가리킨 수풀로 걸어들어간다. 그새 그늘이 진 수풀은 깊고 비밀스러워 보인다. 그는 청년이 수풀 너머로 완전히 사라질 때까지 눈을 떼지 않는다.

정적이 흐르는 수풀 너머에 지하 주차장이 있을 것 같다. 박제한 곤충들 같은 차들 사이를 아들이 포충망을 휘두르며 뛰어다니고 있을 것 같다.

*

아들이 잡은 딱정벌레는 플라스틱처럼 굳어 핀의 감옥 속에 갇혀 있다. 형태를 고정시키기 위해 꽂은 핀은 모두 스무개다. 딱정벌레는 부러진 다리 하나 없이 윤기가 흐르는 게 살아 있는 것 같다. 저녁을 먹기 전, 저마다 잡은 곤충을 표본

224

으로 만드는 시간을 가졌다. 촉수나 다리가 부러졌거나, 내장이 터져 흘러나왔거나, 날개가 기형적으로 말렸거나, 몸통이 뒤틀린 곤충들은 표본으로 만들어지지 않고 가차없이 쓰레기통에 버려졌다.

펜션 마당에서는 야간 채집 준비가 한창이다. 등산복을 벗고 헐렁한 티셔츠와 반바지로 갈아입은 사내가 손짓으로 그를 부른다. 그는 그 사내와 함께 강사를 도와 수은등과 발전기를 나른다. 사내는 신이 나 있다. 야간 채집은 그도 은근히 기대가 된다. 뭔가 특별하고 즐거운 일이 벌어질 것 같다. 어스름이 깔려오면서 선선한 바람이 기분좋게 분다.

숲을 배경으로 흰 스크린이 설치된다. 숲 옆은 계곡이다. 사인용 식탁보를 두 장 합친 크기의, 광원光源을 쏠 스크린이다.

강사는 곤충채집의 하이라이트는 야간 채집이라고 몇 번이나 말한다. 흐린 밤이 될 것이라는 기상청 예보를 전하면서, 오늘 같은 밤이야말로 야간 채집을 위한 최적의 밤이라고 알려준다. 강사의 설명에 따르면 달도, 별도 뜨지 않는 칠흑 같은 밤에는 인공 빛을 이용해 짧은 시간 안에 많은 곤충을 채집할 수 있다. 그런데 곤충들이 빛을 찾아 날아드는 시간이 달라서, 시간대별로 채집되는 곤충의 종류가 다르다.

검푸른 숲을 배경으로 펼쳐져 있어서 스크린은 눈에 확 띈다. 돔구장 같은 숲이 통째로 출렁 흔들린다. 오늘밤 곤충들의 무덤이 될 스크린에 잔잔하게 잔물결이 인다.

스크린 앞으로 사람들이 모여든다. 청년을 찾는 것인지 아들이 사람들을 살핀다. 참가자들이 펜션 식당에 모여 저녁을 먹을 때도 청년은 보이지 않았다.

"나비를 잡으러 갔다."

"나비요?"

아들이 눈을 껌벅거린다.

"그 아저씨 말이다."

"나도 알고 있어요."

아들의 무심한 대답에 그는 기습을 당한 기분이다. 그가 청년에게 나비를 봤다고 말할 때 아들은 옆에 없었다.

"날개를 수평으로 펴고 앉았니?"

"……"

"지하 주차장에서 네가 쫓던 나비 말이다…… 날개를 수평으로 펴고 앉았니?"

"날개요?"

"차창에 붙어 있을 때, 나비가 날개를 수평으로 펴고……"

"……"

"……그게 아니면 등뒤에 곧추세우고 앉았니?"

"기억 안 나요"

그는 스크린 너머 숲에 눈길을 준다. 막막한 심정으로 숲을 바라보고 있으려니 까마득히 잊고 있던 기억이 떠오른다.

아들이 초등학교에 들어가기 전이니까 오 년도 더 전의 일이었다. 충북 괴산에 내려가 농사짓고 사는 큰형이 택배로 배추와 감자, 오이, 방울토마토 등을 부쳐온 적이 있었다. 농약 한 방울 안 쳤다는 배추에는 연두색 애벌레가 달라붙어 있었다. 통통하게 살이 올라 제법 귀여운 애벌레가 신기했는지 아들은 그걸 기르자고 제 엄마에게 졸랐다. 벌레라면 질색하는 아내가 난처해하는 눈빛으로 그를 바라보았다.

"한번 길러보지 뭐."

그는 애벌레가 달라붙어 있는 배춧잎을 따 베란다로 가져갔다. 천사나팔꽃 화분 옆에 배춧잎을 놓아두며 아들에게 말했다. 때가 되면 나비가 되어 날아갈 거라고…… 다음날 잠에서 깨자마자 아들은 베란다로 달려갔다. 천사나팔꽃 화분 옆에 놓아둔 배춧잎을 살피던 아들이 쿵쿵 발소리를 내며 주방으로 달려가더니 제 엄마에게 따졌다.

"엄마가 내 애벌레 버렸어?"

"아니……"

"그럼 애벌레가 어디로 갔어? 엄마가 버렸지? 엄마가 내 달팽이도 버렸잖아!"

"달팽이……?"

대형 마트에서 산 관상용 달팽이를 아들 모르게 버린 적이 있는 아내는 난처해했다. 그녀는 자신이 관상용 달팽이를 버린 사실을 아들은 까맣게 모르는 줄 알았다. 난감해하는 그녀를 대신해 그가 아들에게 말했다.

"애벌레가 글쎄 밤사이에 나비가 되어 날아가버렸지 뭐냐. 베란다 창을 열어주자 팔랑팔랑……"

"그래요? 무슨 색깔이었는데요?"

"그러게…… 무슨 색깔이었더라……"

당황한 그는 말끝을 얼버무리고 베란다 창 너머를 응시했다. 팔 차선 도로 너머로, 그즈음 막 완공된 고층 아파트가 보였다. 아들이 지하 주차장에 주차되어 있던 차들을 못으로 긁고 다닌 그 아파트였다.

"저기로 날아갔어요?"

"그래, 저기로……"

우박이 떨어지듯 곤충들이 스크린으로 날아든다. 곤충들이 스크린에 달라붙는 소리는 마른땅에 소나기가 내리는 소리를 방불케 한다. 그는 곤충들이 재 같다. 검게 타버린 숲에서 날아온 재.

아들이 아파트 지하 주차장에서 쫓던 나비야말로 환이 아니었을까 싶다. 그렇다면 아들이 거짓말을 한 게 아니라고 그는 스스로를 설득하려 애썼다. 어쨌든 아들은 나비를 보기는 본 것이니까. 아파트 관리실 흑백 모니터에 아들의 지문이 묻어나는 순간, 지문의 소용돌이치는 무늬 속으로 그 어떤 '색채'가 떠올랐다가 사라지는 것을 그는 언뜻 본 것도 같았다.

"생각해보니까, 나도 본 것 같다."

"뭘요?"

"나비를……"

아들이 그를 쳐다본다.

그가 천사나팔꽃 옆 배춧잎 위에 놓아준 애벌레…… 애벌레는 베란다 하수구 구멍 근처에서 까맣게 말라 죽어 있었다. 사라진 지 열흘 만에 말라 죽은 채로 나타난 애벌레를 그는 좌변기에 버렸다.

"참, 아내하고 통화를 했는데…… 벌써 그 강의를 들었답니다."

"강의요?"

"내 아이는 '어디' 있습니까…… 그 강의요."

"그래요……?"

"다른 강의도 꼭 들어보라고 권하던데요."

"다른 강의요?"

"내 아이는 '여기' 있습니다……"

"네?"

"강의 제목이요."

사내가 실없이 흘리는 웃음소리를 지우며 발전기가 우웅 우웅 돌아간다. 최초의 빛처럼 수은등이 켜진다. 순간 그는 자신도 모르게 탄성을 내지른다. 스크린은 수은등 불빛을 고스란히 흡수한다. 수은등이 정면으로 내쏘는 부분을 제외하고, 스크린은 전체적으로 푸르스름하다. 스크린을 통과한 빛에 숲이 반사되어서다.

빛을 찾아 날아든 곤충들이 스크린에 떨어진다. 좁쌀만한 곤충부터 엄지손가락만한 곤충까지.

아이들이 독 병으로 스크린에 달라붙어 있는 곤충들을 훑으며 폴짝폴짝 뛰어다닌다. 신이 난 아이들은 마치 그림자놀이를 하는 것 같다.

"어서 가라!"

그는 힘껏 아들의 등을 떠민다. 망설이던 아들이 푸른 야광의 불빛 속으로 천천히 걸어들어간다. 아들의 손에 들린 독 병이, 빛을 찾아 스크린으로 날아든 곤충들을 가리지 않고 삼키는 것을 그는 묵묵히 지켜본다.

동물, 환영, 아이

윤경희(문학평론가)

학술적인 작업에 다양한 배경의 사람들이 공동 투입되
었다. 누군가 비웃었다. 랜치의 백인 카우보이가 무엇
을 할 수 있겠냐고. 다른 사람이 반박한다. 아니, 그는
최소한 말의 해체와 발골은 할 테니까. 말이 잘린다.

—2017년 7월 20일의 꿈

　생명체가 분포한 지구 환경을 서식지라 한다. 각각의 생명
체는 태양광, 기후, 토질, 물, 양분 등 개체의 생존과 종의 재
생산에 필수적이면서도 가장 유리한 조건들을 두루 갖춘 곳
에 널리 퍼져 생장한다. 또는 서식지의 특질로 인해 변이를
겪으면서 주어진 환경에서의 생존 능력을 더욱 강화하는 방
향으로 진화한다. 특히 동물 서식지의 하위개념 중에 세력권

과 행동권이 있다. 세력권은 동물 개체가 수면, 먹이 확보, 짝짓기, 새끼 양육, 포식자로부터의 피신 등을 목적으로 설정하여, 같은 종이든 다른 종이든 다른 개체가 침범하지 못하도록 적극적으로 방어하는, 비교적 한정된 장소를 가리킨다. 영역이라고도 한다. 행동권은 동물 개체가 먹이를 구하거나 짝을 찾으려 배회하는, 때로는 그저 활공하고 주파하는, 세력권 주변의 상대적으로 넓은 범위를 지칭한다. 동물 개체는 자기에게 고유한 영역의 점유권을 지키려 표시법을 발달시키고 다른 개체들과 싸우는 반면, 행동권은 공유하면서 그 안에서 적대시하기를 서로 피한다.[1]

세력권, 행동권, 서식지는 고정불변이 아니다. 정처 없는 떠돌이 본능을 타고난 이주 동물들이 있다. 게다가 자연계에서는 지진, 화산 폭발, 해일 같은 지질 및 해양의 거대한 운동, 태풍, 가뭄, 홍수, 폭설 같은 이상기후, 먹이 부족, 산불 등 동물의 목숨을 위협하는 여러 국지적 사건들이 발생한다. 장구한 시간대를 고려하면, 판의 이동 및 빙기와 간빙기

---

[1] William Henry Burt, "Territoriality and Home Range Concepts as Applied to Mammals," *Journal of Mammalogy* 24.3 (1943), 346~352쪽 참조: Lee Alan Dugatkin, Principles of Animal Behavior, New York, W. W. Norton and Co., 2014, 450~465쪽 참조.

의 교대처럼 지구 전체에 영향을 미치는 현상도 진행중이다. 어떤 원인으로든 거처가 파괴된 동물은 생을 지속시키는 데 적합한 조건들을 여전히 간직한 장소를 찾아 탈주한다. 남아 머무르거나 새로 이주한 장소에 적응하여 서서히 진화한다. 새로운 종이 생성된다. 반면 어떤 동물은 재해와 변화를 견디지 못하고 도태되어 멸종한다. 지구에 최초의 생명체가 출현하고 그것이 동물계로 진화한 이후 동물종의 분포도는 이러한 이주, 진화, 생멸의 역사에 따라 계속 변화해왔다.

이상은 동물과 공간의 관계를 진화론과 동물행동학의 기초 지식에 의거하여 지극히 간략하게 정리해본 것이다. 그런데 이러한 가설, 관점, 축적된 정보는 엄밀히 말하면 동물의 서식지 형성에 인간이 개입하지 않은 상황을 전제한 지식이다. 극단적으로, 생태계 최고 포식자이자 변형자인 인간이 전혀 영향력을 행사하지 않은 천연의 세계에, 생명체라고는 비인간 동식물과 미생물만 존재한다고 가정한 다음, 그 안에서의 동물의 삶을 관찰하고 유형 분류한 것이다. 물론 암모나이트나 공룡처럼 인류가 지구상에 실존하기 전에 이미 멸종한 동물들이 있다. 이처럼 인간과 절대적으로 무관한 동물들에 관한 지식은 지층 속 화석을 연구함으로써 불완전하게 나마 재구성해볼 수 있다.[2] 그러나 현생인류는 생명체 종들 중에서 비교적 늦게 출현했음에도 불구하고, 간빙기가 시작된 만이천 년 전 무렵에는 이미 남극과 남태평양 섬들을 제외한 지표면 전체를 자신의 주거지로 정복했는데,[3] 다른 종들과의 세력권 다툼이 불가피한 그 과정에서 자신의 월등한 지능과 도구를 사용하여 동물계의 본래 서식 양태를 파괴해 왔다는 추론을 하지 않을 수 없다.

연구에 따르면, 인류가 어떤 대륙으로 이동한 시기와 그 경로에 분포했던 몇몇 대형 포유류가 멸종한 시기는 일치한다. 예를 들어, 인류는 아프리카에서 발원하여 유라시아를 거쳐 약 만사천 년 전에 북아메리카에 도착했는데, 이후 사천 년 동안 "타고난 사냥꾼"(178쪽)인 양 북아메리카 토종 말, 매머드, 마스토돈, 낙타, 자이언트 비버 등 무수한 동물 종의 서식지를 침범하고, 잡식 포식자로서 그것들을 식량으로 삼아 멸종시켰다고 추정된다.[4] 인류는 또한 각 대륙에서

---

2) Charles Darwin, *On the Origin of Species*, London, Penguin, 2009, 249~305쪽 참조.

3) Colin N. Waters, et al., "The Anthropocene is Functionally and Stratigraphically Distinct from the Holocene," *Science* 351.6269 (2016), 139쪽 참조.

4) Anthony D Barnosky, et al., "Prelude to the Anthropocene:

정착 생활을 시작하면서 농경 문명을 발달시켰는데, 숲을 개간하고, 길을 내고, 도시와 국가를 세운다는 것은 그만큼 각종 동물을 본래의 생의 영역에서 내쫓는다는 것을 의미한다. 개, 소, 양, 닭, 돼지 등 일부 종은 가축으로 길들여져서 인간의 생활권 안에 포섭되었지만, 그런 동물들 역시 야생의 서식 양태를 상실했다는 점을 부정할 수 없다.

인간이 지구에 출현해서, 족적을 넓혀나가고, 지질과 기후를 광범위하게 변모시켜온 이상, 동물과 공간에 관한 지식은 결코 천연을 상정할 수 없다. 만약 우리가 동물 서식지의 형성과 변화 요인을 앞서 언급한 자연계의 사건들에서만 찾는다면, 우리는 지나치게 순진하고, 순진한 이상으로 무지하고 부도덕하다. 현생 동물의 서식지는 동물의 자율적인 활동과 이동이 아니라 인간에 의한 지표의 식민지화, 동물의 자원화, 인간과 동물 사이 자의적이고 배제적인 경계 구획의 결과다. 인구가 증가하고 자연 개발이 진행되면서 동물이 야생을 유지할 수 있는 공간의 규모는 처참하게 줄어들었다. 인간의 생활권 안으로 옮겨진 동물은 인간의 목적과 용도에 따라 가정, 목장, 축사, 동물원, 수족관, 어장, 실험실을 할당받

Two New North American Land Mammal Ages(NALMAs)," *The Anthropocene Review* 1.3 (2014), 225~242쪽 참조.

았다. 동물의 것이 아닌 협소한 장소들에 배치된 동물들은 인간의 손을 탄 방법으로 다음 세대를 재생산하거나 재생산 기관 자체를 거세당하고, 인위적으로 처리된 먹이를 공급받고, 야생보다 길거나 대부분은 짧은 목숨을 살다가, 야생이 아닌 방식으로 죽거나 죽임을 당한다. 한마디로, 인류와 공존하는 현생 동물의 생에 온전한 천연은 없다. 현생 동물은 인간이 체계적이고도 폭력적으로 배제하고, 조작하고, 이용하고, 소비하고, 규율하는, 생의 부산물이다.

동물의 서식지가 좁아지고 동물의 생이 인간의 관점과 소용에 따라서만 결정되는 현상에 관하여, 존 버거는 동물이 실체적으로든 문화적으로든 주변부화되었다고 진단한다.[5] 오늘날 동물은 세계의 가장자리로 밀려나고 마치 섬처럼 한정된 구역들 안에 격리되었다. 이처럼 동물에게 겨우 할당된 인공의 주변부들 중에서도 동물원은 독특한 속성이 있다. 공장식 축사가 가장 잔혹하게 예증하듯, 다른 장소들이 동물의 야생적 서식과 활동을 거의 존중하지 않고 인간의 이익을 가장 효율적으로 창출하도록 설계된 반면, 최소한 동물원의 일

---

5) John Berger, "Why Look at Animals?," *About Looking*, New York, Pantheon Books, 1980, 15쪽 참조.

부 구획은 동물의 실제 세력권을 본떠 꾸며졌기 때문이다. 콘크리트 폭포와 관목 몇 그루가 조경된 온실에서 원숭이가 어슬렁거리거나, 얕은 물 바닥 수풀의 디오라마에 아열대 파충류가 숨어 있기도 하다. 그러나 버거의 통찰에 따르면, 동물원은 근대 서구에서 산업화와 제국주의적 팽창의 시기에 식민지의 동물을 수입 전시하기 위해 설립되어서는, 인간으로 인해 동물의 생이 비하되고, 축소되고, 주변부로 축출되고, 실종되었다는 사실을 마지막으로 증언하는 묘비명 같은 장소다.[6)]

동물원에서 우리가 완상하는 것은 야생의 시뮬라크룸이다. 야생의 환영 못지않게 동물원이 제공하는 효과는 자연 보호, 생명 존중과 사랑, 종 다양성 보존과 연구 등 비영리적 대의와 선이다. 그리하여 우리는 동물원에서 천연과 인공, 실제와 모방, 생의 충동과 마비적 포획, 저지른 폭력과 그것의 물신적 부인, 악과 책무감이 이율배반적으로 중첩되어 있음을 감각한다. 혼재하나 융화할 수 없는 것들 및 포섭 아래 억압된 것들은 필시 균열을 일으킨다. 조르주 디디-위베르만의 동물원 관람기는 균열의 환상적 증언이다. 행위자, 화제,

---

6) 같은 책, 21~22쪽 참조.

시제의 교묘한 변환에 유의하며 읽어본다.

너에게 내가 제일 좋아하는 동물 이야기를 해주고 싶어. 사실은 언젠가 내게 가장 미묘한 공포를 알게 해준 동물이야. 상이함에 기인한 공포. 식물원에 비바리움이라는 데 기억하니? 생태 배양관이라고. 생사가 걸린 위험한 것들을 관리하는 장소인데, 고대인들은 그런 곳에 곰치, 뱀, 이빨이 날카로운 동물, 독을 품은 동물 들을 가둬두었어. 언젠가 적 앞에 풀어놓을 수 있게 그랬겠지. 이런 곳에서는 늘 죽음 같은 침묵이 지배하는데, 가장 잔혹한 짐승일지라도 가장 조용하지는 않으리라는 것을 누가 알겠어? 아무튼 오늘 비바리움은 자잘한 소리들이 솔깃하게 울려 시끄러운데, 아이가 자기와 커다란 흑전갈을 가까스로 분리하는 유리벽을 손톱이나 주먹으로 장난삼아 두드리기 때문이야. 유리벽의 진정한 힘은 확실한 경계이자 눈에 안 띄는 경계라는 점. 아이는 가상의 위험 앞에서 그것을 즐긴다. 아이의 손은 유리 너머 치명적인 독침을 쓰다듬는데, 겨우 몇 밀리미터의 견고한 투명으로 허락되는 이론적인 매혹의 애무라 할까. 이윽고, 아이는 유리를 산산조각 낼 것이다. 이거 깨졌어요, 자인하며. 적 동물도 경계를 애무하면서 반대편으로부터 틈을 타고 넘어온다. 물론 네게 복

수하기 위해서지, 죄 지은 아이, 겁에 질린 아이야.[7]

디디-위베르만의 동물 관람 환상 또는 동물 앞의 아이 환상에서 모든 것은 미끄러져 결국 한 점으로 수렴한다. 화자의 과거 체험에서 현재 아이의 행위로, 고대인의 유해 동물 사용법에서 오늘 아이가 동물에게 저지르는 잘못으로, 동물을 주변으로 내쫓고 가둔 인류 문명의 폭력에서 지금 아이가 유리벽 너머 동물에게 가하는 자극으로. 우리가 동물원에서 동물을 자극하는 아이의 행동을 장난이라 용인하는 까닭은 물론 유리벽이라는 안전장치 덕분에 인간이 점유한 지표 대부분과 동물이 처한 보잘것없는 구석이 완벽하게 분리되었기 때문이지만, 다른 한편으로는 동물과 아이를 동일시함과 동시에 인간의 유해한 폭력을 아이의 무해한 순진함으로 은폐하고 무마할 수 있기 때문이다. 동물원에서 동물과 어린 인간은 유리벽 거울을 사이에 둔 닮은꼴 맞수다. 인간이 결코 완전하게 제압하고 복속시키지 못한 동물적 생은 언제든 경계를 깨뜨리며 인간의 영역을 침범할 것이다. 그것은 사실 침범이 아니라 재탈환이다. 인간이 동물 타자에게 행한 폭력

---

7) Georges Didi-Huberman, *Phasmes: Essais sur l'apparition 1*, Paris, Seuil, 1998, 15~16쪽 참조.

과 그것의 죄의식은 취약하게 균열하는 경계 및 범람하며 침투하는 야생의 환상으로 귀환한다. 이 에로틱한 공포의 상상을 제어하는 데 아이는 이중의 희생양으로 동원되었다. 아이는 인간의 죄를 뒤집어쓰며, 동물의 독에 내맡겨질 것이다.

동물에 관하여 생각하지 않을 수 없다는 것. 되도록 처음으로 돌아가. 생명의 기원이든, 문명의 시작이든, 물질문명 발전의 여파로서 지질과 기후변화의 징조들이 더이상 부정할 수 없게 가시화된 인류세의 도래부터든. 처음으로 돌아가 생각하는 행위는 반성이다. 반성은 김숨의 새 단편집이 불러일으키는 독서 효과다. 『나는 염소가 처음이야』는 독자로 하여금 동물에 관해 반성적으로 사유하기를 요구한다. 동물과 역사, 동물과 철학, 동물과 윤리, 동물과 법, 동물과 생명과학, 동물과 경제, 동물과 문화, 동물과 예술, 동물과 언어, 동물과 의식주, 이처럼 인간이 이제껏 이룩한 문명과 지식들의 근원과 중심에 인간 대신 동물을 놓고 처음부터 점검해보는 것이 독자의 과제다. 인간우월주의와 인간중심주의를 비판적으로 지양하게 한다는 점에서 김숨의 동물 단편들은 포스트휴머니즘의 편에 있다.

김숨의 새 단편집은 동물이 테마다. 테마thema의 그리스어

어원은 어떤 장소에 무엇을 놓는títhēmi 동작을 뜻한다. 인간의 기존 지식 체계와 의미 생산 방법을 동물을 테마로 하여 재편하기란 막대한 작업이다. 김숨의 글쓰기는 주변부로 내쫓기고 갇힌 동물들을 소설 안으로 불러들여서는 동물이 동물로서 있을 수 있고 있어야 하는 장소가 어디일지 상상하고 탐색한다. 그러므로 김숨의 동물 단편을 읽는 데 있어서 인간과 동물이 공간을 매개로 형성해온 불평등한 관계부터 살펴보는 것이 유효한 길잡이가 되지 않을까 한다. 앞서 동물 서식지에 관한 이론과 비판을 다소 길게 상술한 까닭은 이 때문이다.

『나는 염소가 처음이야』에 등장하는 주요 동물은 여섯 종이다. 쥐, 염소, 자라, 벌, 노루, 나비. 동물들은 실험실, 농장, 양봉 상자, 체험학습장 등 그것에게 할당된 협소한 인공 영역의 경계를 깨뜨리고 인간의 생활권, 의식과 무의식, 일상과 환상으로 침투한다. 쥐처럼 인간과 거의 같은 영역에서 공생하지만 그 사실을 부인하고 억압하는 동물이 있는가 하면, 노루처럼 원초적 야생이라는 것이 실재하기를 욕망하며 그 안에 환영으로서 보존하는 동물이 있다. 동물들은 인간이 설정한 자의적 경계 바깥으로 공포와 관능적 쾌락을 불러일으키며 귀환한다. 나아가, 그것들은 인간의 포획과 지배 욕망을 조롱하며 결코 잡을 수 없이 먼 곳으로 탈주한다. 김숨의 소설은 인간이 동물의 생을 어떻게 축소하고 소멸시키는지 비판적으로 증언하면서도, 그렇게 축소된 삶을 사는 동물들이 인간에 의해 바뀐 전 지구적 환경 안에서 얼마나 강인하게 잔존하는지를 서사화한다. 동물들에게 김숨의 소설은 그 잔존의 서식지다.

　동물의 생이 더이상 야생이 아니듯, 동물의 신체 역시 동물의 그것 자체가 아니다. 어떤 동물에든 인간의 이해관계, 상상, 감정, 미추의 판단, 종교적이고 문화적인 선입견이 투사되어 있다. 동물은 쉽게 의인화되고 쉽게 상징화된다. 인간이 동물의 생을 축소한다면, 그것은 야생의 서식 공간을 파괴하기 때문만 아니라 상징과 의미의 그물에 옭아매기 때문이기도 하다.
　예를 들어, 쥐를 보거나 그것의 이름을 들을 때 우리 대부분은 어떤 선입견으로 어떤 감정과 반응을 표출하는가. 불결함, 해로움, 징그러움, 경멸, 혐오감. 동물권을 적극적으로 지지하는 사람일지라도, 쥐라는 동물종은 보존되어야 마땅하다고 여기지만, 쥐가 자신의 생활 영역에 공존하는 것은 견디기 어려울 것이다.

인간과 쥐의 공생은 이미 후기 구석기시대에 시작되었다. 개, 돼지, 소, 양 등 대부분의 가정 내 동물은 인간이 자신의 이익을 위해 잡아 길들였지만, 쥐는 야생을 포기하고 스스로 인간의 생활권에 들어왔다. 인간의 주택을 천적 피난처로 삼고 인간의 식량과 쓰레기를 훔쳐 먹으려. 쥐는 가축이 아니라 편리공생 생물로서 인간과의 관계에서 일방적으로 이익을 취한다. 쥐는 먹이를 안정적으로 확보하면서 개체수를 증가시켰고, 고양이, 여우, 올빼미 등 쥐의 포식동물들도 인간 생활권에 따라 들어와 적응하게 되었다.[8]

쥐는 특히 한국 현대사에서 상징적인 동물이다. 박정희 정부는 1961년부터 1978년까지 대대적으로 쥐잡기 운동을 전개했다. 행정부처, 각급 지역 단위, 학교, 군, 직장, 가정 전체가 동원된 전국적인 사업이었다. 독재 정부가 인류와 오랜 세월 공존한 동물을 박멸하겠다는 불가능한 폭력에 온 국민의 역량을 소모시킨 까닭은 환경 위생을 개선하고 양곡의 손실을 막겠다는 실용적인 목적 때문만은 아니었다. 쥐는 경제 발전과 사회 정화를 저해한다는 이유로 국가의 주적인 북한과 동일시되었다. 동물에 군부 정권의 통치 이데올로기가 덧

---

8) 장 드니 비뉴, 『목축의 시작』, 김성희 옮김, 알마, 2014, 106~109쪽 참조.

씌워진 것이다.[9]

「쥐의 탄생」은 일견 지난 세기의 역사와 무관해 보인다. 젊은 핵가족이 있다. 남편은 회사에 출근해 자주 야근하고, 아내는 홈쇼핑에서 "독일제 스테인리스 냄비 세트"(17쪽)와 "공기정화기"(33쪽)를 장만하고, 아기를 돌보며, 십자수를 놓는다. 그들의 주거 공간은 "밀폐용기만큼 안전"(20쪽)한 "스무 평"(12쪽)의 "아파트 십구층"(20쪽)이다. 아파트를 마련하는 데 은행 융자를 받았다 한들, 현세대 청년들 상당수가 취업, 결혼, 양육을 단념하거나 거부하는 사회 현상을 감안하면, 이들은 비교적 무리 없이 제도권의 생활양식에 안착한 듯하다.

쥐는 이처럼 안락한 소시민의 일상을 깨뜨리며 출몰한다. 쥐의 출몰은 인물에게나 독자에게나 아연실색한 사건이다. 인물로서는 유해 동물이 자신의 주거 영역을 침범했기 때문이지만, 독자로서는 쥐의 출몰로 인해 공간적 경계보다는 오히려 시간의 감각이 혼란하게 뒤집히기 때문이다. 이 시대에 쥐라니. 쥐의 환상적 시대착오성은 그것의 출현이 사실인지 목격자의 망상인지 불분명하기 때문에 배가된다.

---

9) 김근배, 「생태적 약자에 드리운 인간 권력의 자취―박정희 시대의 쥐잡기 운동」, 『사회와역사』 87, 2010, 121~161쪽 참조.

「쥐의 탄생」에서 쥐라는 동물이 교란하는 것은 아파트로 표상되는 안정적인 소시민 생활의 이상만은 아니다. 전문 기술과 도구 없이 주먹구구식으로 집안을 수색하고 파괴하는 쥐잡기 일당의 등장은 2012년 겨울부터 2017년 초봄까지의 한국 정치에 독재 정권의 기억을 소환한다. 쥐의 환영은 거의 사십 년을 뛰어넘으며 독재자 아버지의 시대와 그의 꼭두각시 딸의 시대를 중첩시킨다. 아버지의 시대에 미물의 박멸이 독재 체제를 유지하는 통치 전술로 활용되었다면, 딸의 시대에 그것의 포획은 한 마리에 십만 원씩 "백 마리만 돼도 원이 없으"(15쪽) 환금성 사업인 양 제시된다. 국민에게 수십 년 동안 경제 발전, 경제 살리기, 창조 경제의 기만적인 프로파간다를 주입한 국가에서, 동물의 지위는 이처럼 다른 정치 체제에 대한 호전적 적의 외에 지속 가능한 노동과 생산 없는 단발성 수익의 신기루를 투사하는 대상으로 추락했다.

동물의 개체수는 까다로운 문제다. 잘 발달된 자연 생태계에서 각 동물종의 개체수는 재해의 이변이 없는 한 포식자와 피식자의 먹이사슬 관계에 맞추어 적정하게 유지된다. 그러나 사냥, 사육, 외래종 수입, 양식, 거세 시술, 도축, 박멸 등 인간의 생태계 개입은 동물종의 개체수를 인위적으로 증가시키거나 멸종에 이르기까지 감소시킨다. 제주노루의 예에서 보듯, 수가 적을 때는 보호종 지정을 받지만, 지나치게 많아져 먹이사슬을 교란하면 유해 동물로 취급되어 수렵 허가가 나기도 한다.[10] 결국 자연 생태계 역시 인간에 의한 관리의 영향권 안에 있으며, 비교적 야생에 가까운 서식지에 사는 동물의 수와 목숨도 인간의 자의적 판단에 따라 통제되고 결정되는 것이다.

인간은 사육, 목축, 양식을 통해 몇몇 동물종들을 야생 생태계에서 격리하고 그것들의 개체수를 인위적으로 증식시켜왔다. 고기, 젖, 모피, 뿔 같은 소비재를 얻기 위해서다. 축산업이 공장 시스템으로 산업화될수록, 사육 동물의 단위 면적당 개체수는 더욱 증가하고, 그것과 교환될 금전의 양도 비례 증가한다. 그것은 곧 죽음의 규모 역시 점점 커진다는 뜻이다. 목축 문명의 역사는 동물을 더 많이 살게 할수록 더 많이 죽여 소비하는 폭력의 악순환에서 자유롭지 않다.

쥐잡기 도당이 동물을 돈벌이 수단으로만 여겨 그 수가 많기를 바라는 것처럼, 「자라」에서도 동물은 우선 "한 마리 잡으면 만두 오십 개는 충분히"(106쪽) 나오고 "대가리를 하

---

10) 조홍섭, 「보호종에서 유해 동물로… 제주노루의 슬픈 운명」, 『한겨레』, 2016.8.24., 참조.

나라도 더 자르면 자를수록"(113쪽) 더 많은 것을 살 수 있는 교환경제의 물재로 계량화된다. 한창 때는 자라 개체수가 "삼만 마리까지"(97쪽) 불어나 우글거렸던 저수지는 생태계의 자연스러운 먹이사슬과 생명 다양성이 파괴되고 대신 오로지 인간에 의한 사육, 도살, 소비의 폐쇄회로가 작동하는 동물적 생의 잔혹한 주변부다.

"자라탕 팔아 우리 아들 운동화도 사주고, 책가방도 사주고, 피아노 학원에도"(111쪽) 보냈다는 데서 자라의 죽음은 아들의 생과 등치된다. 동물 살해는 인간 종의 세대 재생산을 유지한다는 명목으로 정당화되고, 동물과 아이는 그렇게 서로 등가 가치를 부여받고 죽음과 생을 물물교환한다. 더 나아가, 잠수부가 사체를 인양한 대가로 아내에게 기형아 검사를 받게 하듯, 사람의 죽음에도 환금성 교환 가치가 매겨지는 경우가 있어서, 그것으로 다른 사람의 생을 확인하는 아이러니가 발생하기도 한다.

덧붙여 자라는 한국에서 특유한 상징성이 있다. 자라는 소위 남성 보양식의 재료다. 노루도 그렇다. 한국 남성들은 보양의 명목으로 온갖 비일상적인 육식을 같이 즐기면서 자신의 성정체성과 집단적 소속감을 확신하는 인습이 있다. 마치 떼 지어 몰려다니다 먹잇감을 잡아 같이 뜯어먹으며 내부 서

열을 정비하는 수컷 육식동물들 흉내를 내는 것 같다. 「피의 부름」에서 일용직에 종사하는 성인 남성들과 소년 하나가 한겨울 야밤에 노루 사냥을 떠나는데, 병약한 아이에게 그 아이처럼 "어리고 순한 노루 피"(169쪽)를 마시게 하기 위해서다. 「쥐의 탄생」에서 부부를 비롯해 쥐잡기 일당까지 모든 인물들의 환상 속에서 쥐와 아기가 중첩되듯, 그리고 「자라」에서 자라의 죽음과 아들의 생이 등치되듯, 「피의 부름」에서도 노루와 아이는 동일시된다. 동물과 아이는 비천한 존재로 격하되거나 잔혹한 폭력과 치명적인 죽음의 위협에 항시 노출된 약자다. 보양식 문화는 성인 남성들끼리 남근 권력을 공유하면서 동물 살해를 향유할 뿐만 아니라, 그런 폭력에 참여하지 않는 저항자와 약자를 비하하고 배척함으로써 동질적이고 폐쇄적인 집단의식을 강화하는 미개한 제의다. 노루 사냥을 떠난 남성 무리는 야생의 목숨을 정복함으로써 그것의 원기가 제 것으로 동화되기를 희구하지만, 그것이 존재할 만한 곳으로 가까이 갈수록, 어리석은 인간의 욕망을 조롱하듯 그것은 결코 잡히지 않고 아득해질 뿐이다.

쥐잡기 전문가들은 쥐를 잡지 못하고, 잠수부는 의뢰받은 익사체를 찾지 못하고, 도배장이들은 노루를 사냥하지 못한다. 이처럼 『나는 염소가 처음이야』에서 동물 또는 동물과 등가적인 수색과 포획의 대상은 언제나 인간의 손아귀를 빠져나간다. 동물을 잡아 인간의 이익에 소용되게 하려는 시도는 항상 실패한다. 그것은 우선 수색과 포획의 대상이 동물의 실체라기보다는 인간 세계의 억압과 욕망이 투사된 환영이기 때문이다. 환상은 개연성 없이 연쇄된 사건들의 표층 아래에 정치적 무의식의 논리를 내포한다. 독재 시대의 폐해를 청산할 수 있게 역사와 시민 지성이 진보한다면 쥐잡기 일당의 불쾌한 환상은 더이상 엄습하지 않을 것이다. 혈육과 동료 시민의 죽음을 정식으로 애도할 수 있게 모든 의문사의 원인이 투명하게 밝혀진다면, 노동 현장에서 안전 관리가 철저하게 실행되어 아무도 일하다 목숨을 잃지 않는다면, 비정규 업종을 단속적으로 전전하다 존엄의 끝에 내몰리지 않는다면, 깊은 물속에서 "기하급수적으로 불어나는"(120쪽) 무수히 사라진 동물들의 환영에 시달리지도 않을 것이다. 치졸한 위계의식과 이해관계로 얽히지 않고 외부인과 약자도 "따돌림"(170쪽) 당하지 않고 결속감을 느낄 수 있는 환대의 시민 공동체가 형성된다면, 더욱 급진적으로는, 동물 살해 없는 새로운 문명을 상상하고 이룩할 수 있다면, 해소될 고통스러운 환영들이 김숨의 동물 단편 안에서 인간을 포획한다.

포획은 손의 동작이다. 하이데거는 인간과 동물의 차이를 논증하려 시도하면서 오로지 인간만 언어와 손을 사용한다고 주장했다. 동물은 소리를 내지만, 그것은 즐거움이나 괴로움을 표현할 뿐 언어처럼 의미를 만들어내지는 않는다. 인간은 언어를 사용하는 존재로서 언어를 통해 세계를 개념으로 파악한다. 개념Begriff으로 파악한다는 것은 어떤 대상을 마치 손으로 붙잡는greifen 것과 같다. 인간은 손으로 글을 쓰고 도구를 발명하고 나아가 세계를 형성한다. 세계의 형성은 물질적인 차원과 개념적인 차원을 아우른다. 동물은 인간과 다르게 세계를 파악하거나 형성할 수 없는데, 그것은 동물에게 언어와 손이 없어서다.[11]

인간은 세계를 형성하는 데뿐만 아니라 파괴하는 데도 손을 사용한다. 동물의 활동 구역을 인위적으로 제한하고, 그 안에서 동물을 포획하고, 동물의 생을 정지시키는 데도 마찬가지다. 한국에 활성화된 지역 축제들의 일부가 그 예다. 1995년 6월 민선 지방자치제가 출범한 이후, 한국 각 지역에서는 지역 사회를 통합하고 재정 자립도를 높이기 위해 문화 관광 축제를 개발했다. 2013년 현재 칠백여 개가 넘는 축제

---

11) Stuard Elden, "Heidegger's Animals," *Continental Philosophy Review* 39 (2006), 273~291쪽 참조.

들은 지평선, 찻사발, 송이, 대나무, 젓갈, 펜타보트 등 지역의 관광 자원과 특산물을 다종다양하게 부각시키면서 타지역과 차별화를 꾀한다.[12] 이중에서 함평 나비축제, 화천 산천어축제, 평창과 파주의 송어축제, 장사항 오징어맨손잡기축제 등은 지역 생태계에 개체수가 많은 동물을 내세워 관광객을 끌어들인다. "친환경 지역"[13]에서 "생태 복원과 자연의 소중함을 느낄 수"[14] 있다는 축제에서, 참여자들은 합법적으로, 맨손으로, 동물을 잡아, 죽이고, 먹는다.

영리 목적의 사립 동물원과 동물 카페에서는 동물의 생존보다 인간의 소비에 편리한 환경을 조성하고, 동물과의 "따뜻한 교감을 통해 공존의 의미를"[15] 느껴보라면서, 방문객들이 동물에게 함부로 먹이를 주거나 만지게 허용한다. 지방자치단체나 개인이 운영하는 수목원과 농원에서는 "곤충채집

---

12) 오유정, 『지방자치단체장의 리더십 변화가 문화 축제의 성과에 미치는 영향 분석—함평 나비축제 사례를 중심으로』, 서울대학교 행정대학원 석사논문, 2014, 1~13쪽 참조.

13) 함평군 함평 나비대축제 축제 유래, http://www.hampyeong.go.kr/2008_hpm/hpm16/sub/0101.php

14) 문화체육관광부 지역축제 진위천 민물고기 맨손잡기 축제, http://www.mcst.go.kr/web/s_culture/festival/festivalView.jsp?pSeq=916

15) 주렁주렁 소개, http://zoolungzoolung.com/introduction

체험학습 프로그램"(200쪽) 등을 운영하면서 어린이들을 대상으로 나약한 동물을 포획하고 살생하는 법을 가르친다. 이런 장소들을 홍보하는 귀여운 캐릭터 이미지 뒤로 동물의 실체는 소멸한다. 절대적으로 약한 타자를 학대하고 그것을 유희로 삼는 장소들에서 체험과 학습의 의미는 타락한다. 생태, 환경, 교감, 자연 등 개념이 뜻하고 가리키는 바가 거짓이 되면서 언어 자체가 타락한다.

그러나 김숨의 소설이 궁극적으로 이야기하는 것은, 이처럼 인간의 손이 동물의 생을 폭력적으로 억압하고 착취함에도 불구하고, 동물은 그것을 위반하는 잠재력을 결코 잃지 않는다는 사실이다. 이 점에서 김숨의 소설은 하이데거의 주장을 전복한다. 『나는 염소가 처음이야』에서 인간은 동물을 포획하는 데 실패하지만, 동물은 그것에게 한정된 영역을 벗어나 인간을 포획한다. 「자라」에서 자라는 아이의 손가락을 물고, 「곤충채집 체험학습」에서 화자는 "앞서 걷던 아들의 얼굴이 거미줄에"(207쪽) 마치 덫처럼 삼켜지는 것을 목도하며, 「벌」에서 화자의 아들은 어릴 때 온몸에 벌이 달라붙어 "벌떼에 집어삼켜진 적이 있다"(142쪽). 어른이 동물에게 포획되는 방식이 주로 환상에 압도되는 것인 반면, 어른의 환상 속에서든 실제 사건으로든 아이는 신체 자체가 동물에 침범당한다. 아기가 "쥐쥐쥐쥐쥐쬒쬒찍찍찍……"(36쪽) 소리를 낼 때, 동물은 인간의 언어마저 동물의 음향으로 침탈한다. 동물이 아이의 몸을 물고, 뒤덮고, 아이 대신 소리 냄에 따라 동물과 아이의 동일성은 강화된다. 자기에게 고유한 생의 양식을 되찾아나가는 추적과 귀환의 과정에서, 동물은 인간의 생활권과 신체에 침범하여 그것을 동물의 속성으로 교란한 다음, 그 바깥 미지의 영역으로 탈주한다.

김숨의 소설에서 인간의 손은 결국 속수무책이다. 「나는 염소가 처음이야」에서 독자가 그 내면을 따라가는 인물은 손에 대한 강박이 있다. 그는 염소를 해부하기 전에 "라텍스 장갑을 세 장"(68쪽)이나 겹쳐 끼는데, 표면상의 이유는 칼을 다루다가 장갑이 찢겨서 그 틈으로 흐른 염소의 피가 자기 손의 상처에 스며들까 염려해서다. 동물을 매개한 세균 감염을 두려워한다는 점에서 그는 동물 혐오를 엿보인다. 그러나 이 같은 공포와 강박은 사실 무의식의 차원에서 윤리적 선택의 결과다. 장갑을 여러 장 끼면 손가락들에 "마비"(78쪽)가 오고, 그런 불구의 손으로는 해부를 수행할 수 없다. 그는 손과 도구를 사용하는 인간 능력을 자발적으로 포기함으로써 동물 살해를 거부한다.

「나는 염소가 처음이야」에서 더욱 흥미로운 점은 인물들의 언어 사용법이다. 염소가 실험실에 도착하지 않는 동안, 사람들은 무료함을 달래려 무의미한 대화를 주고받는다. 그들은 각자 거의 아무런 정보 없이 상대방의 말을 공허한 메아리처럼 되풀이한다. "염소만 오면 되겠어." 누군가 말하면, "그러게요, 염소만 오면 되겠어요"(42쪽), 자동적으로 응대하거나, "그래서, 염소를 위해서 기도하자는 거야?" 물으면, "염소를 위해 기도하면 하는 거지"(45쪽), 중얼거리고, "심장이 뛰고 있었다는군!" "글쎄, 심장이 뛰고 있었대!" "심장이 뛰고 있었다지 뭐야!"(50쪽) 돌림노래처럼 반복한다. 누군가 공중에 말을 던지거나 타인에게 말을 걸었을 때, 그것을 들은 사람에게 세계의 현상을 개념적으로 파악하고 판단하려는 의지가 있다면, 그는 자기가 들은 말에 적합하면서도 다음의 말을 생산적으로 불러낼 수 있는 대답을 되돌려줄 것이다. 그러나 특히 권력자의 말을 듣고 그것을 거의 그대로 반복한다면, 인간은 우두머리의 울부짖음을 듣고 그것에 같은 울부짖음으로 응답하는 군집 동물과 다를 바가 없다. 실험실의 사람들은 저희들끼리 위계와 서열을 따지다가 신호전달 능력밖에 갖추지 못한 동물 무리와 유사해진다. 인간이 협소한 실험실에 갇혀서 언어 능력을 상실하는 동안, 동물은 인간의 지식으로 파악되지 않도록, 인간의 시간에 무심하게,

유유히 탈주중이다.

　인간과 동물을 분리하는 경계에는 균열이 발생하고, 인간에게는 동물적 속성이 옮고, 동물은 위반과 탈주로써 인간이 독점한 세계를 교란한다. 김숨의 소설은 이처럼 탈인간화와 동물화가 진행되는 세계에서, 그럼에도 불구하고, 그러므로 더욱, 인간이 어떻게 윤리적이고 아름다워질 가능성이 있는지 설득하고 입증하려 한다. 우선 동물뿐만 아니라 아이에게서도 이러한 변혁과 탈주의 생동을 발견할 수 있다. 「곤충 채집 체험학습」에서 아이는 "팔 차선 도로 너머로, 그즈음 막 완공된 고층 아파트"(228쪽)의 "지하 주차장에 주차된 차들을 날카로운 무엇인가로"(200쪽) "긁어 흠집을"(202쪽) 낸다. 아이는 한편으로는 어른의 속물적 욕망을 대리 실행하지만, 다른 한편으로는 계층화된 사회에 균열을 일으키는 것이다. 부모의 관점에서라면 아이의 불가해성에 좌절하게 되지만, 아이는 어른의 인식 능력과 시선으로 포착할 수 없이 자기만의 사회관, 자기만의 욕망, 자기만의 감정 구조를 발달시켜 나가는 중이다. 그는 나비 잡는 소년을 넘어 갓 번데기에서 탈피해 날갯짓하는 나비 자체다. 아이는 자기에게 주어진 사회적 현실을 한계로 수긍하지 않고, "하루살이처럼 한

없이 가볍게"(201쪽) 뛰어다니며, 저항과 위반의 쾌락적 생동에 탐닉하는 자다.

나아가, 인간이 동물 사육을 멈춘다면 세계에는 어떤 현상이 발생할까. 사람의 죽음을 계기로 자라 사육이 중지된 오광저수지에는 마치 "붕어, 잉어, 동자개, 줄장지뱀…… 창세기 속 물처럼 (…) 온갖 생물이 번성해 우글거린다"(88쪽). 인간의 손을 타지 않은 이후로 저수지 생태계는 본래의 생물 다양성을 회복한 것이다. 서서히 제 것을 되찾는 자연의 모습에 잠수부와 자라 식당 여인의 인간적 기억이 더해진다. 언젠가는 애도가, 애도가 견인하는 새로운 삶이, 지속하는 생의 조건으로서 새로운 사랑이 가능하리라는 기대가 생겨난다. 미래의 시간성이 열린다.

마지막으로 가장 아껴둔 것. 「벌」에는 아름답고 황홀하다는 찬사를 감히 아무 거리낌 없이 바치고 싶다. 「벌」의 화자가 살아가는 방식은 일반적인 인간 사회에서는 도덕적 지탄을 받을 것이다. 부인이 있는 남자와 관계를 맺고, 그가 죽은 다음에는 그의 아들과 관계를 맺는다. 그것은 그녀가 벌을 테마로 사는 사람이어서다. 그녀의 생애는 철저하게 벌 군집체를 우위와 중심에 놓고 이룩되었다. 벌에게 그것이 있기에 가장 적합한 장소를 찾아주려는 일념으로 그녀는 세계를 경계 없이 누비고 그 일을 함께할 타인들을 구한다. 그녀가 따라 움직이는 것은 인간의 법도가 아니라 동물적 생이기에, 그것이 잔존하고 번성하는 한, 그녀는 아무 거리낄 것이 없다. "머루, 큰엉겅퀴, 지칭개, 개박달, 때죽, 꿀풀, 찔레, 메꽃……"(125쪽). 지표의 어느 곳도 인간의 것으로 소유하지 않고 오로지 벌에게 가장 좋은 꽃밭을 찾아 유랑하는 삶은 인간우월주의와 인간중심주의를 포기해야만 실천할 수 있다. 동물을 생의 주변부로 내쫓지 않고 한가운데에 불러들여 그것의 움직임을 따라야만 영위할 수 있는 삶이다. 화자는 아들이 데리고 온 베트남 여성에게 조만간 가족 공동체 내 여왕벌의 자리를 내어줄 것이다. 이방인을 기꺼이 환대하며 자기가 가졌던 유일한 가운데 자리에 앉힐 것이다. 그녀는 인간과 동물, 혈육과 타인, 자국인과 외국인 사이의 경계를 끊임없이 허물면서, 중심과 주변의 위계를 언제든 뒤집으면서, 그것이야말로 살아있는 것들이 오래 무리를 이루어나갈 수 있는 절대 법칙임을 입증할 것이다. 그 삶의 방향으로 소설은 독자를 이끈다.

"어디로 가는 거야?"
"꽃밭을 찾아가는 거야."(151쪽)

| 수록 작품 발표 지면 |

쥐의 탄생 … 『문학수첩』 2009년 겨울호(발표 당시 제목은 '쥐')

나는 염소가 처음이야 … 『세계의문학』 2013년 겨울호(발표 당시 제목은
　　　　　　　　　　　　　'염소 해부 실습')

자라 … 『문학과사회』 2015년 봄호

벌 … 『실천문학』 2015년 봄호

피의 부름 … 미발표

곤충채집 체험학습 … 『문장웹진』 2016년 9월호

문학동네 소설집
나는 염소가 처음이야
ⓒ 김숨 2017

1판 1쇄 2017년 10월 20일
1판 2쇄 2017년 11월 21일

지은이 김숨
펴낸이 염현숙
책임편집 강윤정 | 편집 김봉곤 김영수 김필균 | 모니터링 이희연
디자인 김현우 유현아 | 마케팅 정민호 박보람 우상욱
홍보 김희숙 김상만 이천희
제작 강신은 김동욱 임현식 | 제작처 한영문화사(인쇄) 경일제책(제본)

펴낸곳 (주)문학동네
출판등록 1993년 10월 22일 제406-2003-000045호
주소 10881 경기도 파주시 회동길 210
전자우편 editor@munhak.com | 대표전화 031) 955-8888 | 팩스 031) 955-8855
문의전화 031) 955-3576(마케팅) 031) 955-2678(편집)
문학동네카페 http://cafe.naver.com/mhdn | 트위터 @munhakdongne

ISBN 978-89-546-4866-0 03810

www.munhak.com